青龍の目が先ほどよりも燃え上がるように真っ赤になる。
『GAAAAAAAAAAAAA!!』
《第五話　邪なる神》
魔眼と弾丸を使って異世界をぶち抜く！8

「イフリア行くぞ……撃て！」

《第二話　北の山へ》

「あの、すみません」
エルフの女性で
服装はまるで聖職者のようである。
《第七話　港町と雷獣》

魔眼と弾丸を使って異世界をぶち抜く！

8

かたなかじ
イラスト：赤井てら
Author:Katanakaji
Illustration:Akai tera

口絵・本文イラスト　赤井てら

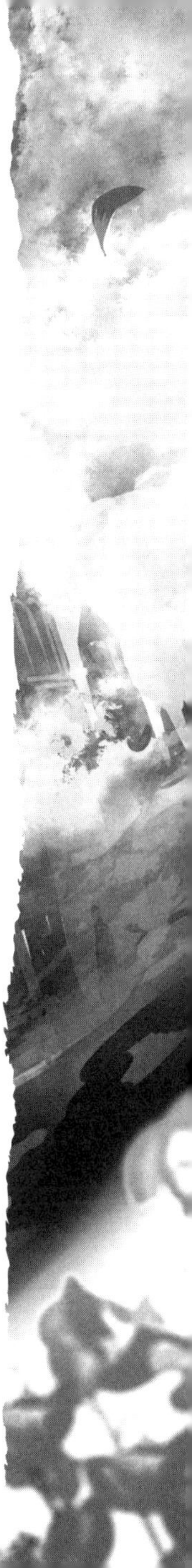

七巻のあらすじ

四神の白虎《びゃっこ》と戦い、バルキアスがその力を手に入れることができた。

戦いを終えて戻《もど》ってきたアタルたちにキャロの故郷の情報が入り、そこへと向かう。

小さい頃《ころ》のキャロのことを知っている人物に会うことができたが、両親はやはりそこにはいなかった。

更《さら》にキャロの出生について知っている人物に会うことになる。

それは獣人《じゅうじん》の国の王であり、キャロの父親の弟。

つまりキャロは王族で、王の姪《めい》だった。

王はキャロにこのまま城で一緒《いっしょ》に暮らさないか？　と提案する。

知りうる限り、現在所在のわかる唯一《ゆいいつ》の親族である叔父《おじ》の誘《さそ》いを、一度は受け入れた。

翌日、アタルたちは謁見《えっけん》の間にいた。

キャロはドレス姿で王の隣《となり》に、アタルは謁見をさせてもらう側にわかれている。

彼《かれ》らは王族と冒険者《ぼうけんしゃ》、互《たが》いの道を行くことを決めた。

そう思われた瞬間《しゅんかん》、北の森がドラゴンに壊滅《かいめつ》させられたとの報告が入る。

戦いに向かおうとするアタルの背中を見てキャロは気持ちが揺《ゆ》らぐ。

アタルは一緒に行こうと言い、キャロは王に別れを告げてアタルと行くことを選択《せんたく》した。

アタルたち、Sランク冒険者フェウダー、冒険者・騎士《きし》の連合軍で戦いに赴《おもむ》く。

そこでは翼竜《よくりゅう》、属性竜、黒竜という強力なドラゴンたちと戦うことになる。

さらにはオニキスという宝石の名を冠《かん》する宝石竜が現れる。

アタルはイフリアとのコンビ攻撃《こうげき》、スピリットバレットを使ってなんとかオニキスドラゴンを倒《たお》すことに成功した。

大きな問題を解決して城に戻ったアタルたちは改めて王と話をする。

王はキャロのやりたいことを応援《おうえん》し、アタルについていくことにも反対しなかった。

そこでアタルの知った人物が城の宝物庫を急襲《きゅうしゅう》する。

それは魔族《まぞく》のラーギルだった。

ラーギルはオニキスドラゴンの核《かく》を狙《ねら》っており、それを盗んで姿を消す。

アタルは神と邂逅《かいこう》し、ラーギルの目的を聞く。

この世界にはオニキス以外にも六体の宝石竜がおり、それらの核を集めて、八体目の宝石竜を復活させるのが恐《おそ》らくラーギルの目的だろうと神は言った。

八体目の宝石竜はとりわけ強力な力を持っているため、万が一復活すれば世界の脅威《きょうい》となってしまう。

現状このことを知っていて、なおかつ戦う力を持っているのはアタルたちしかいない。

宝石竜と戦うには、四神などの神クラスの力が必要となる。

それを聞いたアタルたちは玄武《げんぶ》、白虎以外の、青龍《せいりゅう》、朱雀《すざく》の情報を集めることにする。

王家の協力により、青龍の情報を得ることができたという。

アタルたちはその情報を詳《くわ》しく聞くために再び城を訪《おとず》れる……。

第一話　旅立ちの準備

力を求めて青龍に会うことを決めたアタルたちは、その準備を進めていく。

「まずは情報だな。青龍がいるかもしれないという情報はすごくありがたかった。次は俺《おれ》たちが向かう場所の情報集めだ」

居場所に関する情報が手に入った。

ならば、その場所に関する情報など、次のステップに進むための情報が必要になると考えたアタルが提案する。

「はいっ！」

情報収集に関してはこれまでも行ってきており、キャロも慣れてきているため、迷いなく返事をする。

バルキアスとイフリアは情報収集に関しては戦力外であるため、話には加わらずに休憩《きゆうけい》モードに入っていた。

「というわけで、キャロとバルは城の書庫を頼《たの》む。王様もキャロの頼みだったら聞いてくれるだろ？　なんだかんだいっても俺は一冒険者だからな。俺なんかが城の中を自由に歩いていたらよく思わないやつもいるだろ」

今更《いまさら》そんなことを言う者がいるとはアタルも思っていないが、あえてこう口にすることで、少しでもキャロと叔父であるレグルス王との時間を作ってやれるのではないかと考えていた。

「うむ、キャロは城の書庫を自由に見て回るといい。誰《だれ》か文句を言う者がいたら王の姪だと言ってやれ！　それから大臣。しっかりと案内をするように。私の姪だから国賓《こくひん》対応で頼んだぞ」

「はい、承知しております」

姪のためにと意気揚々《いきようよう》と言う王の言葉に、大臣は恭《うやうや》しく頭を下げる。

「ちょ、ちょっとやめて下さいーっ！」

ただの冒険者である自分が特別な待遇《たいぐう》を受けることに、むず痒《がゆ》い気持ちになっていたため、キャロは焦《あせ》った様子で立ち上がって大きな声を出してしまう。

「ははっ、キャロのそういう感じも珍《めずら》しいな。大丈夫《だいじょうぶ》だよ、二人ともキャロの気持ちはわかっているから、大袈裟《おおげさ》にはしないはずさ」

笑顔《えがお》で言うアタルだが、その目はわかっているよなと王と大臣に念を押《お》している。

「も、もちろんだ。冗談《じょうだん》に決まっているであろう」

「ええ、案内は私が担当しますが大ごとにはしませんよ」

アタルの視線から半分本気だと感じた王と大臣の頬には一筋の汗《あせ》がつたっていた。

「アタル様はどうされますか？」

キャロは別行動となるアタルはどうやって情報収集していくのかを確認《かくにん》する。

「俺はイフリアを連れて街に行ってみるよ。白虎の時と違《ちが》って四神の情報を集めるわけじゃないから、色々情報が手に入ると思う」

アタルの答えに目を覚ましたイフリアは彼の肩《かた》に留まった。

「それじゃ、夜に城の俺が泊《と》まった部屋に集合でいいか？」

「はいっ！」

こうして、二手にわかれての情報集めが始まった。

◇キャロSide◇

「それではキャロ様、書庫へと向かいましょうか」

部屋の外でアタルたちが出発したのを見送ったのち、大臣がキャロに声をかける。

「はいっ、よろしくお願いしますっ」

以前の調査では大臣に一任していたため、キャロが書庫に行くのはこれが初めてとなる。

城は広く、場所を聞いたとしても慣れていないキャロは迷ってしまう可能性があるため、大臣の案内はありがたかった。

「北の山についての本はいくつか私のほうでもアテがありますので、お手伝いします」

「いいのでしょうか？　大臣さんは国の要職についていて、そんな方にわざわざ調べ物に時間を割《さ》いていただくのは申し訳ないような気が……」

不安そうに耳を垂らしたキャロは、案内さえしてくれれば自分でも探すことができるため、何度も自分たちの用件に付き合わせては申し訳ないと思っていた。

「何をおっしゃいます。王の姪であるということを抜《ぬ》きにしても、みなさんは誘拐《ゆうかい》事件を解決し、強力なドラゴンたちの討伐《とうばつ》でも大活躍《だいかつやく》なさっています。国を救ってくれた英雄《えいゆう》たちの手伝いをできるのであれば、それこそ光栄なことです。そして、私は大臣という職についておりますが、同時にレユールの父親なのですよ」

とんでもないと首を振《ふ》る大臣。大臣としては国を救ってくれた英雄のために、一人の親としては自分の息子《むすこ》を助けてくれた大恩人に何か報《むく》いたいと考えていた。

「……ありがとうございますっ！」

ここで遠慮《えんりょ》するほどキャロは無粋《ぶすい》ではなく、ふにゃりと笑顔を見せると、大臣の気持ちを尊重することにした。

王の私室は書庫から離《はな》れているため、しばらく歩くことになる。

その間に城の者が会釈《えしやく》をしてくるが、大臣がいるからというだけでなくキャロのことを知っているようで、敬意を払《はら》っている様子だった。

「あ、あははっ……」

その反応を見たキャロは思わず困った表情で硬《かた》い笑いを漏《も》らしてしまう。

「キャロ様の話はみんなに伝わっていますので、全員が感謝の気持ちを持っています。それゆえの挨拶《あいさつ》だと思って下さい」

彼女《かのじょ》の困惑《こんわく》を感じ取った大臣がこの状況《じょうきょう》がなぜあるのか笑顔でフォローしていく。

それでも慣れない対応にキャロは苦笑《くしょう》を浮《う》かべていた。

「そんなものですか……あっ、着きましたっ！」

話をしているうちに二人は書庫へと到着《とうちゃく》する。

大きな重たい扉《とびら》の脇《わき》には書庫を示すマークが掲《かか》げられていた。

「鍵《かぎ》を開けますね、よいしょ……」

大臣がいくつかある鍵の中から一つ選んで鍵穴に差し込み、扉を開く。

開かれた瞬間、ぶわりと本の匂《にお》いが漂《ただよ》ってくる。

本棚《ほんだな》が整然と並べられた書庫はキャロたちが入った途端《とたん》、灯《あか》りの魔道具が発動し、優《やさ》しい光がともる。本の劣化《れっか》を防ぐために色々な対策が施《ほどこ》されているようだ。

「キャロ様は手前の棚《たな》からご覧になって下さい。私は奥《おく》の棚から必要な本を集めてきますね」

大臣は事前に言っていたように、北の山について書かれている本について心当たりがあるようで、奥のほうの本棚へと移動していった。

「わかりましたっ！」

彼の背を見送ったキャロは手前の本棚から順番に本を眺《なが》めていく。

バルキアスは部屋に入って端《はし》に移動すると、おとなしくそこで丸まって眠《ねむ》りについた。

たくさん並べられた本棚にある本の背表紙に書かれているタイトルを、キャロは一冊一冊確認している。

『妖精《ようせい》族の秘密』『獣人国の歴史』『エルフの生態』『巨人《きよじん》族について』

最初の棚には各国、もしくは各種族についての本が並んでいるようだ。

「一度読んではみたいけど、このあたりの本は違うみたいだなあ……」

聞いたことのない種族や、細かい獣人族の分類などが記されている本も置いてあり、後《うし》ろ髪《がみ》引かれる思いがありながらも、まずは必要な本を見つけることに集中していく。

一つ目の棚を見終えると、キャロは次の棚、次の棚へと移っていく。

いくつ目かの本棚を眺めているところへ、大量の本を抱《かか》えた大臣が戻ってきた。

「ふう、お待たせしてすみません。少し多くなってしまいました。どうぞ、これが北の山のあたりの地理や歴史が載《の》っている本になります。キャロ様は何か面白《おもしろ》いものが見つかりましたか？」

大臣は持ってきた本の中から上の二冊を渡《わた》し、キャロが色々迷っているような様子を見せたことに気づくと、気遣《きづか》うように声をかけた。

「あ、ありがとうございますっ！　えっと、その、今回の調べ物とは関係ないんですけど、面白そうな本がいくつか……」

キャロは本来の探し物からそれてしまっていたため、大臣から受け取った本を抱きかかえながら少し恥《は》ずかしそうに答える。

「ふふっ、それなら、あとでお読みいただいて問題ありません。もし、興味を強く引く本があれば、確認してからにはなりますが、恐らく持ち帰っていただいて大丈夫だと思います」

「本当ですかっ！」

読む時間をとれるかわからないが、もしも持ち帰りが自由であれば、あとあと時間ができた時に読めると、彼女は喜んでいた。

「もちろんです。先ほども申し上げましたが……キャロ様は王族に連なるお方です。それに加えてみなさんにはとてもお世話になりました。整理だけはしていますが、この書庫は実際ほとんど使われていませんから、本に関しても重要度は低いのです。そのうちの数冊をみなさんが持って行ったとしてもなんら問題はありません」

王の姪であること、国にとっての恩人であること。

これまでにも何度もしている話だったが、キャロの自覚が薄《うす》いため、大臣は念押《ねんお》しして改めて説明する。

「それは調べ物をする励《はげ》みになりますねっ。アタル様も頑張《がんば》っているはずなので、私も頑張りますっ！」

キャロにとって本を読むということは知識欲を満たすということだけでなく、持てる情報を増やすことでアタルの役に立てるということを示している。

ゆえに、大臣の申し出はとてもありがたいことであった。

そして、今も今回の件について少しでも情報を集められるようにと、書庫内に置かれている椅子《いす》に座《すわ》ると早速《さっそく》本を読み始める。

以前、青龍が封印《ふういん》されているかもしれないという情報を手に入れた。

その北の山がどんな場所なのか、一体どんな状況になっているのか。

今回手に入れたい情報は、それらについて調べられる限りのことである。

玄武と戦った時は森の中での遭遇《そうぐう》戦であり、封印などをされた状態ではなく、意思の疎《そ》通《つう》を図ることもできず、戦わざるを得ないという状態だった。

白虎の時は情報を集めてから向かったが、魂《たましい》だけという曖昧《あいまい》な存在であり、出会った時には既《すで》に憎《にく》しみに囚《とら》われていて、まともにコミュニケーションをとることができなかった。

そんな白虎は、アタルたちが玄武を倒したことを感じ取って、魂だけが目覚め、そして倒されたことで魂が浄化《じょうか》された。

しかし、今回の青龍は玄武のような目撃《もくげき》情報があるわけではなく、白虎のように星になったなどという、暗に死を示唆《しさ》するような情報もない。

であるならば、青龍が生きて北の山に封印されている可能性は高かった。

つまり、封印を解除された際には恐らく意識もあり、肉体もあるという完全な状態での遭遇となる。

これまでで恐らく最大の力を持っている四神となることは想像に難《かた》くない。

そして、それだけの力を持つ四神が封印されているということは、封印自体がかなり強力なものでなければ抜け出《だ》されてしまう。

その封印は長い時を経た今も続いているだろう。

それほどのものともなれば、封印された周囲になんらかの影響《えいきょう》をもたらしている可能性が高い。

それらについて、何か一つでも繋《つな》がる情報が手に入れば、とそんなことを考えながらキャロは文字を追っている。

その表情は真剣《しんけん》そのものであり、大臣が声をかけるのをためらうほどの集中力だった。

「……飲み物を置いておきますと言いたかったが、邪魔《じゃま》をするのも無粋だな」

そう呟《つぶや》くと大臣も本を手に取って、北の山やその周囲について書かれている部分に紙を挟《はさ》んでいく。

それは、少しでもキャロの手伝いになるようにとの判断だった。

そんな二人のことを、一瞬《いっしゅん》目を開けたバルキアスが見るが、再び部屋の端っこで丸くなって眠りについた。

◇アタルSide◇

一方でアタルとイフリアは冒険者ギルドまで来ていた。

離れているとはいえ、王都の周辺の情報ならば、実際に色々な場所に顔を出している冒険者から話を聞くのがいいという判断だった。

「北の山について知っていることがあったら教えて欲《ほ》しい」

冒険者たちが語らっていたスペースに近寄ったアタルに気づいた冒険者たちは快く話を聞いてくれた。

この街の冒険者たちにとってアタルたちといえば、先日のドラゴンとの戦いにおいて多大なる功績を残したパーティであり、尊敬に値《あたい》する人物たちであった。

その彼らの頼みならば、時間を割いて情報を提供することにためらいどころか、むしろ率先《そっせん》して話をしたいとすら思っている。

「北の山に行ったことのある冒険者は少ないです。なにせ、あそこは行くまでかなり日数がかかるのに、近くに村も街もないんですよ」

最初の一人が一般的《いっぱんてき》な山に対する印象について話し始める。

通常、長距離《ちょうきより》を移動するとなると食料も水も用意しておく必要がある。

人数の多いパーティであればそれだけ用意する量も多くなってしまう。

ゆえに、近くで補給できる場所がない場合はそこへ向かうハードルが自然と上がるのだ。

「なるほど、それはなかなか厳しいな……じゃあ、行ったことのある冒険者は少ないとして、それでも行ったことのあるやつ、誰かいないか？　実際の経験者から話を聞いてみたいんだが……」

アタルは質問すると、冒険者たちの顔を順番に見回していく。

先の依頼《いらい》での最功労者であるアタルを囲む人だかりはいつの間にかかなりの人数になり、これだけの人数がいれば誰かしらいるだろうとアタルは踏《ふ》んでいた。

しかし、みんな顔を見合わせて首を振るだけであり、なかなか名乗り出る者はいない。

「北の山での依頼とかはないのか？　それを受けたことのあるやつも……」

重ねて質問を投げかけるが、誰からもいい反応は見られない。

「……あの！」

アタルがしばらく待っていると、後ろのほうから声が聞こえてくる。

「す、すみませーん！」

しかし、身長が低いのか声はすれども姿は見えずといった状態にあった。

それに気づいたアタルがみんなに声をかける。

「おっと、みんな悪い。話があるみたいだから通してあげてくれ」

すると、冒険者たちは左右にわかれてアタルまでの道が作られていった。

「すみません、すみません……！」

周囲の冒険者たちに謝《あやま》りながら近づいてきたその人物は小柄《こがら》な男性の冒険者だった。

男性というには若く、少年という言葉のほうがしっくりくる、幼さの残る顔立ちである。

彼の腰《こし》にはやや小ぶりな片手剣《けん》。胸当てなどの防具も軽装であり、動きやすさを重視しているように見える。

「あの、すみません。僕《ぼく》の名前はトランスと言います。一応僕もこの間のドラゴン討伐に参加させていただいたのですが、アタルさんたちの活躍凄《かつやくすご》かったです！　みなさんとてもとても強くて感動しました！　僕もいつかみなさんのような強い冒険者に……」

彼が自分の思いをアタルにぶつけているのを見て、みんながポカンとしていた。

「はっ！　す、すみません！　その、こんなに近くでお会いできたので、ついつい思いが溢《あふ》れてしまいました……えっと、違うんです！　そうじゃなくて、僕は北の山に行ったことがあるので、その時の話をお伝えしようと思ったんです！」

周囲の冒険者とアタルは、このまま彼が冒険者としてどうなりたいのか、どうしていきたいのかを聞き続けることになるのかと思っていた。

しかし、彼が北の山に行ったことがあるという言葉を口にしたため、空気が一気に変わる。

「話してくれ」

そう口にしたアタルはもちろんのこと、他の冒険者も北の山について興味が出てきていた。

「その、僕は北の山から更に北に行ったところにある小さな小さな村の出身で、北の山にも何度か訪れたことがあるんです。近くに何もないので、あの山に行くくらいしか遊ぶ場所もないんです……」

少々自虐的《じぎやくてき》な口ぶりだったが、それでも表情からは村を嫌《きら》っていないことが感じ取れる。

「それで、山の周辺なのですけど、基本的にすっごく寒いです。暖かい服装で行かないと凍《こご》え死《じ》んでしまうくらいには寒いです。いや、これほんと冗談じゃなく寒くて、防寒具を疎《おろそ》かにして山に踏み込んだ人で亡《な》くなる人は結構います」

寒い山だとは聞いたことのある者もいたが、実際に行った彼から聞く生きた情報は貴重なものであり、メモをとっている冒険者がいた。

「山自体は雪が多くて、少ししか足を踏み入《い》れてないんですけど、当たり前ですが雪山なので、足場は悪いです。その状態で氷や雪の魔物《まもの》がいます。ちょっと種類まではわからないですけど、僕が出会ったのはすごく真っ白な熊《くま》でなんとか逃《に》げ切《き》りましたが、あの時は死を覚悟《かくご》しました。周りは雪だらけなのに真っ白な熊って、見づらくて仕方ないです！」

こんな大人数の前でしゃべることに慣れていないトランスの言葉は拙《つたな》さがにじむが、一《いっ》生懸命《しょうけんめい》に話す様子には実感が籠《こも》っており、みんなの想像を掻《か》き立《た》てる。

「他には村の人から聞いた話になりますけど、氷や雪のブレスを使ってくる魔物がいて、こちらを凍《こお》りつかせたり、視界を奪《うば》ったりするみたいです。ただでさえ足場が悪いところへのブレスは回避《かいひ》が難しくて、盾《たて》で防ごうとしても盾自体が凍りついてしまうんです。しかもこっちは足を取られるのに、相手は雪の上でも関係なく自由に動いてくるんです。僕が遭遇した真っ白な熊もそうでした。もうずるいったらないです！」

　それを聞いた冒険者たちはため息を吐《つ》く。

　相手は特殊《とくしゅ》な魔物であり、足場が悪いのに相手はその影響を受けないともなれば、げんなりとする。

「あと、一応弱点は炎《ほのお》や熱になるので、そういう対処法があるといいみたいです。一応って言ったのは、これも聞いた話だからです。僕はそういった攻撃方法を持っていないので、実際に試《ため》したりとかはできなかったんです……僕が知っているのはこれくらいなんですが、少しはお役にたちましたか？」

　全《すべ》て言い終わったあと、びくびくとした様子でトランスが確認する。

　どうにも本来は人の前に出るようなタイプではないらしく、これまで捲《まく》し立てるように話していた自分に気づくと、急に声のトーンが落ちて自信がなさそうな様子になる。

「あぁ。トランス、ありがとう。なかなか情報が手に入らない中、実際の経験による情報はすごく助かったよ」

アタルが感謝の言葉をかけると、トランスは目を丸くして口を開いて固まってしまう。

「ん？　どうかしたか？　何か変なことでも……」

言ったのかと思って軽く首を傾《かし》げたアタルは自分の言葉を振り返《かえ》る。

「い、いえいえいえいえ！　とんでもないです！　すごく、すごく嬉《うれ》しいです！　さっきも言いましたけど、アタルさんたちすごく強くて、すごく憧《あこが》れていたんで、助かったって言ってくれてすごく嬉しいんです！　う、うわああああん！」

憧れの人物であるアタルからの言葉にただ喜びを伝えようとしていたトランスだったが、嬉しさのあまり感極《かんきわ》まって涙《なみだ》を流し始める。

我慢《がまん》しようと思ったものの、そう思えば思うほどに感情を止めることができなかった。

「い、いや……さすがにちょっとこれは想定外の反応だな」

さすがのアタルも苦笑しながら、号泣《ごうきゅう》しているトランスを見て少し引いていた。

周囲の者もどう対処していいのか困った顔で彼のことを見ている。

「す、すみません！　うちのトランスがご迷惑《めいわく》をおかけして。ほら、トラくん、いつまでも泣いてないで行くよ！」

　すると、焦ったように人混《ひとご》みをかき分けてトランスの仲間の冒険者らしき少女が現れ、頭を下げて謝罪しながら彼を引っ張って行った。

　アタルたちは、しばらく無言のまま、その背中を見送っていた。

「……あのインパクトのあとで話すのもあれなんだけど、俺も知っている情報を少し」

　空気を変えるように別の冒険者が口を開く。彼は中堅《ちゅうけん》の冒険者といった様子だ。

「あぁ、教えてくれ」

　空気を変えてくれる助《たす》け舟《ぶね》を出してくれてよかったと、アタルは内心でほっとしていた。

「さっき彼が言っていた氷や雪の魔物だが、ほとんど素材はとれなくて、核くらいしか手に入らない。あそこに行く者がほとんどいないのは、距離《きょり》の問題もあるし、環境《かんきょう》の問題もあるが、大した物が手に入らないというのもデカいな。魔物の素材だけじゃなく、あそこでなければ手に入らない物も特にない」

　多角的に見ても、あの山に行く理由は思《おも》い浮かばない。

　その言葉に、山のことを少しでも知っている冒険者は同意を込めて頷《うなず》いていた。

「なるほどな。まずは寒さ対策をすることと、魔物の素材に期待しないことと、環境的に慣れない場所だから足場の確保などはいつも以上に気をつけないといけないという感じか……みんな、助かった。ありがとう」

ひととおり確認できたためアタルが話を締《し》めくくろうとするが、厳しい表情をしている冒険者が何か言いたそうにこちらを見ている。

「……なあ、あんた。あの山の情報を集めていて、対策を考えているってことは……山に行くつもりなんだろ？」

悩《なや》んでいた様子だったが、そのうちの一人がアタルに確認してくる。

「あぁ、そのために今日はみんなに話を聞きにきたわけだからな」

アタルは頷きながら返事をする。

情報を得た今となっても山に向かうという気持ちは全く変わっていない。

「そうか、色々聞いたうえで行くというなら止めるつもりはない。ただ、気をつけて行ってきてくれ。俺の知り合いの冒険者も何人かあの山に行ったんだが、一人として帰ってこなかった……」

深刻な表情で言う彼は、アタルたちがその知り合いと同じことにならないようにと心配してくれていた。

その他の、アタルのことを知っている冒険者たちも彼が難所に向かうことを心配している。

「あぁ、みんな心配してくれてありがとう。しっかりと準備して向かうことにするよ」

その気持ちが伝わってきているため、ふっと薄く笑ったアタルは礼を言うと、気持ちを引《ひ》き締める。

「さすがにこれ以上は情報も出てこないだろうからこの辺で終わりにしておこう。みんな色々と情報提供してくれて助かったよ」

アタルは思っていた以上に色々な情報が手に入ったため、満足していた。

話が一段落した状況を狙って、アタルに声をかけてくる人物がいる。

「あー、話し中すまない。ちょっとアタル君に用事があるんだが、いいかな？」

それは冒険者ギルドのギルドマスター、バートラムだった。

「ん？　あぁ、俺は構わない。みんなありがとう、少し行ってくるよ。それじゃ」

冒険者たちに軽く頭を下げると、アタルはバートラムのあとに続いて、ギルドマスタールームへと移動していった。

冒険者たちは去り行くアタルの背中を眺めながらそれぞれにアタルやキャロ、そしてバルキアスやイフリアの噂話《うわさばなし》を始める。

一方で案内役のバートラムは部屋の前に到着すると、一度アタルを振り返る。

「ん？　……もしかして、中に誰かいるのか？」

あえて部屋の前で止まったため、何かあるのかとアタルが勘《かん》づく。

「あぁ、そのとおり……まあ、そういうわけで今日の私はただの橋渡《はしわた》し役さ」

そう言いながらバートラムは扉を開いて、アタルに中へ入るように促《うなが》して、中の人物と二人でゆっくり話せるように部屋には入らずにどこかへと移動していく。

「王様……？」

そこには思ってもいなかった人物がいた。

「あぁ、アタル殿。わざわざ来てもらって申し訳ないな」

椅子に座って紅茶を飲んでいるのはキャロの叔父であり、この国の王であるレグルスだった。

「じゃあ、俺に用事があるのは……」

「うむ、私だ。さあそこにかけてくれ」

レグルスは対面に座るよう促すと、自らアタルの分の紅茶を用意する。

「どうも」

腰掛《こしか》けると、アタルは出された紅茶を口に含《ふく》む。

「これはなかなか美味《うま》いな……」

風味もよく、口当たりもよく、これまでに飲んだことのある紅茶の中でもなかなかのものだった。キャロと語り合った一夜から彼の紅茶を淹《い》れる技術は向上していた。

「そう言ってくれると嬉しいね。さて、紅茶を楽しむのもいいんだが本題に入ろう……今回わざわざお忍《しの》びでここまで来たのはキャロ抜きで君と話したかったからなのだ」

そう口にするレグルスの表情は真剣なものだった。

「キャロ抜きで……俺自身についてのことか、もしくはキャロのことか。どちらかってことか」

アタルに対して何か不満があるならそれをキャロの前で言うわけにはいかない。

また、キャロの件であればこれまた彼女の前では話しづらい。

「うむ、その通りだ。まず先に言っておくがアタル殿のことではない。キャロのことなのだ。念のためもう一つ先に言っておくが、旅に出させたくないという話でもない」

レグルスはキャロの意思を優先するつもりであり、これ以上旅に関してとやかく言うつもりはなかった。

「ならなんの話だ？」

先ほどレグルスが否定したどちらかの話だとアタルは予想していたため、なんの話なのか見当がつかずにいた。

「まず、先に確認するが、君たちが冒険者として旅を続けていく中で戦う相手は、恐らく通常の冒険者ではありえないような強力なものが多いであろう？　例えば今回の属性竜や黒竜――オニキスドラゴンもしかりだ」

そう言われてアタルはこれまで戦ってきた相手のことを思い出していく。

玄武と白虎の四神、スタンピードでの大量の魔物たち、黒いモヤの魔物、魔族、巨人族などなどパッと思いつくだけでも簡単に倒せるような相手はなかなか出てこない。

「そう、かもしれない……いや、確かキャロと出会ったばかりの頃にゴブリンを数体倒して見せたことがあったな」

やっと思いついた弱い相手を挙げたアタルだったが、レグルスは苦笑している。

「ははっ、それ以降は強力な敵と戦ってきたのだろう？　ゴブリンを思いつく前の君の表情でよくわかった。そこは仕方ない。君たちにはそれだけの力があるし、そういう運命のもとにいるのだろうからな……」

ここで双方《そうほう》がいったん紅茶を飲む。

「先ほど強力なものがと言ったが、恐らくは強力という言葉の範疇《はんちゅう》にすら収まらず、普通《ふつう》の冒険者では一生かかっても戦うことのないような怪物《かいぶつ》や化け物と言っていいほどのものを相手にしているであろう？」

これにもアタルは頷くしかなかった。

「……まあ、確かに普通だったら死んでいてもおかしくはないだろうな。ここまで生きてこられたのもキャロとバルとイフリアがいたからというのはでかい」

アタル自身、自分が戦う相手はそれほどに強力な相手だと自覚しており、これまで戦ってこられたのは仲間たちのおかげだとも自覚している。

彼《かれ》らの誰かが欠けていれば、今の自分はいなかったかもしれないと思っている。

「そう、だから私は心配なのだ。これまでの戦いは全員が無事に乗《の》り越《こ》えられてきた……しかし、今後もそうであるという保証はない」

これもその通りであるため、アタルは無言で頷く。

「だから、あの子には新しい力を持ってほしいのだ」

レグルスはこれまでで一番真剣な表情になる。対してアタルは難しい表情になっていた。

「新しい力、か。キャロは単純に近接戦闘《せんとう》ではかなり強い。加えて魔法《まほう》も使うことができる。装備だって、かなり高いレベルのものを身に着けている。それ以外で新しい力を、という話をわざわざ俺にするということは……何か心当たりがあるのか？」

硬い表情のまま、今度はレグルスが頷く。

「獣人《じゅうじん》というのは、種に関係なく身体《からだ》の中に『獣力』という力を持っていると言われている。獣力とは獣人の原点である獣性を呼び起こして自らの力にするというものなのだ」

「獣力……初めて聞いたな」

　これまで何人かの獣人に会っているがその誰からも聞いたことがない。

「うむ、実際に使える者が少ないため知られていないのも当然だ。かくいう私もその力を発揮することができなかった。そもそもあの力は才能がある者が、強力な敵と戦う際に自分の身体のうちから呼び起こす力なのだ。戦争なども少ない今の世では一部の例外を除いて、ほとんどの獣人が恐《おそ》らく使えない側に属するだろう」

　その例外という中に、実力のある冒険者《ぼうけんしゃ》などが含まれている。

「だが、私の兄――つまりキャロの父親はそれを使いこなすことができたのだ。だから、その娘《むすめ》であるキャロなら使える可能性が高い。そう私は思っている。私には教えてやることはできないし、私が知る限り城に仕えている者でも獣力を使える者はいない……だから、君の力でキャロの力を引き出してやってほしい」

　レグルスは彼女が秘《ひ》めているはずの力を、アタルだったらきっと引き出してくれるだろうと思っていた。

「……まず先に言っておく。キャロは強い。これまでもあいつがいたから俺は戦ってこられたんだ。あいつがいなければきっとここまで来ることはできなかった。だから、あいつならきっと獣力を使いこなすこともできるはずだ」

そこまで話したところで言葉を止めて、アタルは改めてレグルスの目を見る。

そして、再び口を開く。

「これは俺からの宣言になる……もちろん戦いの中でキャロが傷つくことや苦しい思いをすることはあるだろう。だけど、キャロのことは絶対に俺が守る。俺の命をかけてでも、と言いたいところだが、俺が死んだらあいつが悲しむだろうから俺も生きて、キャロも守るよ」

覚悟を決めた表情のアタルがそうやって言い切ると、レグルスは表情を和《やわ》らげる。

「君がそう言ってくれると安心するな。あの子が君を慕《した》う気持ちもわかるというものだな……頼んだぞ」

「もちろんだ」

アタルはニヤリと笑って右の拳《こぶし》を突《つ》き出した。

「これは……」

レグルスは戸惑《とまど》うが、アタルが笑顔で頷く。

すると、ふっと笑ったレグルスも同じように拳を突き出してコツンと合わせた。

キャロがいたからこそ出会った二人であり、互《たが》いに彼女を守りたいという気持ちは共通しており、同じ思いを持つ二人だからこそ繋がりあった瞬間《しゅんかん》だった。

それからしばらくの間、アタルとレグルスは雑談をするが、それを終えると二人一緒《いっしょ》に城へ戻《もど》って行く。

レグルスは正体がばれないようにと、ギルドを出る前に変装する。

「あっ、王様だ！」

「しっ……！　正体を隠《かく》しているんだから黙《だま》ってあげなさい！」

「お、今日はおともに兵士を連れていないのか」

「この間の変装よりはうまくできているんじゃないか？」

しかし、そんなレグルスの努力もむなしく、街の人たちには完全にバレバレだった。

「……なあ、その変装意味あるのか？　大人どころか子どもにまでばれているじゃないか。それだったら下手な変装なんかしないで堂々としていればいいんじゃないのか？」

ギルドを出る前からこの変装で大丈夫なのか？　と疑問に思ってはいたが、案の定その心配は的中しており、国民たちからもツッコミを受けている。

「い、言わないでくれ！　私もそう思うのだが、やめどきを見失ってしまったのだ……しかも、意外とこれを楽しみにしている者もいるようでな。せっかく期待してくれている国民の期待を裏切るのも申し訳ないではないか」

レグルスの言葉を聞いたアタルは改めて周囲の声に耳をすましてみる。

「今日はなかなか格好《かっこ》いい服を着ているじゃないか」

「いや、あのつけ髭《ひげ》が意外に渋《しぶ》い」

「えー、普通のほうがいいわよ」

そんな風にレグルスの変装を楽しんでいるようで、確かに彼の言う通り国民が楽しみにしているのは本当のようだった。

「ははっ、国民に愛された王様か。うん、やっぱりここはいい国みたいだな。こんな王様が治めているなら今後も安泰《あんたい》だ」

「……それは褒《ほ》められているということでいいのかな？」

レグルスは微妙《びみよう》な顔で質問する。

「もちろんだ」

アタルはレグルスがキャロの叔父《おじ》でよかったと、この国の王でよかったと安心していた。

それからレグルスと街の中をブラブラしたアタルとイフリアは、城に戻ると書庫に籠っているキャロのもとへと向かう。

「……えっ！　そういうお話だったんですねっ。これはすごいです」

キャロは何やらぶつぶつと言いながら一冊の本を読み進めている。

「キャロ……キャロ」

アタルが声をかけるが、本に集中しているキャロは視線を手元の本に落としたまま反応がない。

「仕方ないな、あんまり邪魔をしたくはないんだが……」

本を読んでいるのを中断されるのはアタルも嫌《いや》だったが、情報収集開始からだいぶ時間が経《た》っていたため、そろそろ休憩《きゅうけい》も必要だろうと、キャロの肩《かた》に手を伸《の》ばしてぽんぽんと軽くたたく。

「………」

しかし、キャロからは反応がない。

「キャロ、キャロ！」

今度は少し大きめの声とともに肩を少し揺《ゆ》すってみる。

「……えっ!?」

今になって自分が呼ばれていることに気づいたキャロは、慌《あわ》てて本を閉じるとアタルに視線を向けた。

「ア、アタル様っ！　そ、その、本に夢中になってしまって……すみませんでしたっ」

バッと顔を上げたキャロはアタルに気づかず本に没頭《ぼっとう》していたことに申し訳なさを感じ

て、頭を下げると同時に耳がへニャリと前に倒《たお》れていた。

「いいんだよ。俺《おれ》も面白い本を見つけた時の気持ちはわかるからな。それより、情報収集はできたか？」

「そ、それはもちろんですっ！」

キャロはメモ帳を取り出して、一枚、二枚とめくっていく。

「そうか、だったらまずは情報共有、それと……少し休憩をしようか」

キャロの隣《となり》には本が山積みになっており、それらは既にキャロが読み終えたものである。

それだけでも、実際に身体にはかなりの疲労《ひろう》がたまっているものと考えられる。

「そ、そう言われてみると、ずっと本を読んでいた気がします……うー、目が疲《つか》れているかもですっ」

ここまで自由に、時間を気にせず本を読んだのは久しぶりのことであり、キャロの目は疲れからか少し充血《じゅうけつ》していた。

「まずは飯、それから休憩、そのあと俺の部屋で色々と情報の確認《かくにん》をしていこう」

「わかりましたっ！」

『ご飯！』

『ふむ、ずっと見ているのにも少し飽《あ》きてきたな』

飯という言葉を聞いて、先ほどまで眠っていたバルキアスが飛び起きる。

イフリアは黙ってアタルに同行していたが、ただ待っているというのは退屈《たいくつ》そのものだったようだ。

「食事の準備はできておりますので、こちらへどうぞ」

このタイミングで声をかけてくれたのは大臣だった。

レグルスからアタルたちが城に戻ってきたのを聞いていたため、すぐに食事を用意させていた。

「あぁ、助かる」

「ありがとうございますっ！」

四人は城で用意してもらった食事をとり、部屋で一度休憩をし、目覚めたところでアタルの部屋に集まっていた。

「さて、それじゃ俺が集めた情報から出していくか」

「はい、お願いしますっ」

キャロは大きなベッドに腰掛け、アタルの話を聞いている。バルキアスはキャロの足元で丸まっており、イフリアは備え付けのテーブルの上に待機している。

「北の山は基本的に寒い。とにかくすごく寒いから防寒具は必須《ひっす》だ。次に、氷や雪の属性を持つ魔物が出るらしくて、そいつらはそれぞれの属性の攻撃《こうげき》をしてきてなかなか強敵だ。にもかかわらず、そいつらからは素材がほとんどとれない。しかも、足場が悪いというのに、そいつらはその影響を受けないらしい」

それを聞いたキャロは渋い表情になる。

「ということは、手強《てごわ》いのに実入りが少ないということですねっ……できれば、避《さ》けたい相手ですねえ」

「そういうことだ。山で特別にとれるようなものもないから、あの山関連の依頼はほとんどないし、あそこに足を踏み入れる冒険者もほとんどいない。過去に行った冒険者も収穫《しゅうかく》なしに帰ったやつばかりらしい。それほどに、普段《ふだん》とは違《ちが》う環境で、かつ危険だと思っていい」

これらはアタルが冒険者ギルドで手に入れた情報である。

「まあ、こんなところか。実際に山に行ったことのある冒険者から話を聞くことができたけど、とにかくあの山の魔物は普通と違うって感じだった」

アタルの話を頷きながら聞いていたキャロはメモをとっている。

「キャロは何か情報があったか？」

「はいっ！　それでは、こちらの情報を発表しますっ。私が調べたのは書庫で、あそこにある本にはあの山の特徴《とくちょう》や秘密などがいくつか記されていました」

メモをめくりながらキャロの報告が始まる。

「雪山というのと寒いというのは私のほうでもありました。私のほうでアタル様と異なる情報はですね、あの山の山頂あたりに永久氷壁《ひょうへき》と呼ばれる大きな氷の壁《かべ》があるということですっ」

過去に山の調査に向かった人物の手記が見つかり、そこには魔物についての情報こそ記されていなかったものの、特別な情報が記されていた。

「ほう」

初耳の情報であるため、アタルは興味深そうにしている。

「あの山が雪に覆《おお》われたのは数百年前のことなのですが、その頃《ころ》から永久氷壁も存在していたようです。まるで、何かを守るように、もしくは侵入者《しんにゅうしゃ》を拒《こば》むかのように、ずっと溶《と》けることなく今もあるそうです」

キャロは神妙《しんみょう》な顔で言う。その理由は手記の持ち主もそうであったように、彼女《かのじょ》もその永久氷壁が怪《あや》しいと思っているためだった。

「なるほど、永久氷壁と降り注ぐ雪は同一の理由でそこにあって、それが青龍《せいりゅう》を封印しているかもしれないということだな」

アタルの言葉にキャロは頷く。

『氷と雪の山ともなれば、我の炎が役に立ちそうだな』

イフリアはやっと自分が活躍《かつやく》できそうな状況《じょうきょう》がやってきたと、どこか誇《ほこ》らしいようであった。

しかし、アタルは気になる点があった。

「……なあ、確かにお前は炎の属性だけど、相手が氷とか雪、もしくは水の場合ってどうなるんだ？」

『どう、とは？』

アタルの質問の意図がわからず、イフリアは首を傾げている。

「いや、だからさ。確かに炎は水や雪に対して強い属性だ。でも、それは同時に相手も炎に強い属性なわけだ。だから、対属性同士で打ち合ったらどうなるのかなあと思ってな」

『…………』

アタルの質問にイフリアは沈黙《ちんもく》してしまう。

しかし、何か言わなければと頭をフル回転させていく。

『い、いや、それはあれだろう。そんな、その、力の差が圧倒的《あっとうてき》だろう？　多少の雪や氷があっても炎で燃やし尽《つ》くせば我の力に勝てるはずが……なあ？』

考えた末になんとか言葉を絞《しぼ》り出したイフリアだったが、最後にはどこか自信なさそうな顔でキャロとバルキアスに話を振《ふ》る。

「えっと、多分、えぇ」

困ったような表情のキャロは勢いに押《お》されて、曖昧《あいまい》な返事をする。

『ガウッ！』

バルキアスはとりあえず返事だけしていた。

「ははっ、冗談《じょうだん》だよ。イフリアが本気の火力を出したら、魔物どころか山の雪すらも蒸発するだろ」

『そ、そうであろう？　うむうむ、わかっているのならいいのだ』

イフリアはどうだと胸を張ってはいたが、内心では冷や冷やしており、頬を汗《あせ》が一筋つたっていた。

「とりあえず、明日《あした》は買い物してから山に出発だな」

面白《おもしろ》い反応が見られたアタルは満足して話を締めくくった。

第二話　北の山へ

　翌日、城を出たアタルたちは、雪山に向けての準備のために街中を歩いていた。

「バルは自分の毛皮で、イフリアは炎でなんとかなるから、必要なのは俺とキャロの分の防寒具だな。寒いのは動きを鈍《にぶ》らせるからきつい」

「そうですねえ、私も寒いのはちょっと苦手かもです」

　アタルは日本での冬はこたつに暖房《だんぼう》と、完全防備でいた。

　キャロは雪が降るほどの冬をほとんど経験したことがなかったが、それでも寒さに弱い自分を自覚している。

「にしても、なかなか見つからないものだな……」

「ですねえ……」

　城を出てからしばらく経つが、なかなか目的の店が見つからなかった。

　服を売っている店や防具を売っている店はあったが、防寒具を売っている店となると、限定的であるため探すのが難しい。

そんな二人のもとへと誰《だれ》かが近づいてくる。

「うむ、北の山に向かう者は少ないから大抵《たいてい》は防寒具を必要としない。簡単に見つからないのは当然だろう」

「なにっ⁉」

「叔父様《おじさま》！」

急に声をかけられたため、アタルとキャロは思わず大きな声を出して驚《おどろ》いてしまう。

「レ、レグ……」

「大きな声で名前を口にするのは遠慮《えんりょ》していただけると助かります」

名前を呼びそうになったところで、これまた変装した大臣が人差し指で口元を示し、黙るように願い出た。

気配を感じなかったことにアタルは内心驚きつつも、大臣の言葉に何度も頷《うなず》いてみせる。

「お、叔父様……なぜ、このような場所に？」

キャロは名前を口にしないため、止められることなく質問をする。

「街に買い物に行くと聞いたものでな。二人だけでは店を探すのも大変だろうから案内をしてやろうと思ったのだ。そう思って来てみれば案の定、私が予想していたように店探しに困っていたであろう」

自分の予想が当たっていたことに、どことなく自慢気《じまんげ》な様子でレグルスが胸を張っている。

「レグ、そのような態度をとっては彼らに嫌われてしまうぞ」

「うぐっ、す、すまない。少しでも二人の助けになればと思ったのだ……こう見えて、私は街にお忍びでやってくることもあるので、防寒具の売っている店のことも知っているから案内しよう」

大臣の指摘《してき》にレグルスは謝罪をして、改めて自分がやってきた目的を話す。

しかし、アタルたちはお忍びといいつつ、バレバレな変装をしているレグルスに対して、曖昧な笑《え》みを返していた。

特にキャロは初めて変装している姿を見るため、反応に困っている。

「えーっと、まあ色々ツッコミどころがあるのはおいておくとして、店に案内してくれるのはすごく助かるよ」

「そう、ですねっ。叔父様、お手数ですが案内お願いしますっ」

それでもレグルスの言葉は善意のものであり、なおかつ店が見つからなくて困っていたのは事実であるため、二人ともレグルスの善意を受け入れることにした。

「うむ、任せてくれ！　さあ行こう！」

頼《たよ》られたレグルスは気を良くしたのか、足取り軽く先導していく。

レグルスは王であるにもかかわらず、街についてはそこらの冒険者よりも詳《くわ》しく、路地裏をすいすいと進んで、防寒具が売っている店へとあっという間に到着《とうちゃく》する。

「おー、確かにここならいいな」

「ですねっ！」

そこには冬用の服や、野営用の道具などが置かれていた。

手袋《てぶくろ》、コート、厚手のシャツ、テント、野外用の鍋《なべ》などなど。

そこでアタルとキャロは動きを阻害《そがい》しないようにシンプルなデザインのコートと手袋を買うことにした。

雪山での戦闘ということでの迷彩性《めいさいせい》を考えて、二人とも白をベースとしたものを選ぶ。

「さて、いくらだ？」

アタルがカバンに手を突っ込んで金を取り出そうとするが、それはレグルスによって止められる。

「ここは私が持とう。その、なんだ、姪《めい》に何かを買ってあげるという経験をしてみたいのだ……」

レグルスは最後のほうはアタルにだけ聞こえるように声のボリュームを絞る。

「……あぁ、わかった」

「うむうむ、それでは店主よ、いかほどだ？」

アタルの許可を得たレグルスは嬉しそうに代金を払《はら》っていく。

「そういう反応って、普通は買ってもらった側がするもんだけどな……」

「ふふっ、でも私たちは必要な物が手に入って、叔父様もとても嬉しそうなのでよかったですっ！」

アタルは苦笑《くしょう》し、キャロは笑顔でレグルスのことを見ていた。

必要なものを手に入れたアタルたちは早速《さっそく》出発するために北門へと向かう。

到着すると、そこにはなぜか変装したギルドマスター、バートラムの姿もあった。

「国のトップクラスがこぞって変装して見送ってくれるとはな」

呆《あき》れ交じりながらも、それでも時間を作ってわざわざ見送りに来てくれたことにアタルは感謝していた。

「みなさん……ありがとうございますっ！」

キャロも素直《すなお》に感謝の気持ちを言葉にして、深々と頭を下げている。

「うむうむ、可愛《かわい》い姪っ子の旅立ちともなれば見送りをしないわけがないであろう」

レグルスは見事に姪バカになっているため、キャロが笑顔でいることを至上の喜びにしているようだった。

「さて、まあ色々と世話になったが、そろそろ出発するよ。三人ともありがとうな」

「ありがとうございましたっ」

『ガウガウッ』

アタル、キャロ、バルキアスが感謝の言葉と鳴き声をあげ、イフリアはペコリと頭を下げていた。

「こちらこそ色々と助かった。また街に戻った際には城に顔を出してくれ」

「もちろんですっ！　ねっ、アタル様？」

レグルスの言葉に自分で返事をしたものの、やはり主《あるじ》はアタルであると考えているため、キャロは確認をとる。

「あぁ、キャロの故郷のある国だし、キャロの家族に会いに来るのは普通だろ。まあ、北の山に行ったあとどうなるかはわからんけどな……」

「ですねっ」

昨日、レグルスがアタルと話をした時に話題になった。

アタルたちの敵は化け物クラスだ、と。

そのことを一番理解しているのはアタルたちであることもレグルスはわかっていた。

「――生きて、帰ってきてくれよ？」

一度は納得《なっとく》したが、ここにきて心配になったレグルスから思わずそんな言葉が漏《も》れる。

「ん？　あぁ、それは当然だろ……もしかして、俺たちが死ぬとでも思ったのか？　俺の言葉は北の山での一件が片づいたあと、こっちに戻れる状況かわからないって意味だぞ。俺たちはなんだかんだ色々なことに巻き込まれているんだ。例の魔族《まぞく》がやってくるかもしれない。これから会いに行くやつと揉《も》めるかもしれない。もしくは次の場所に行くかもしれない……まあ、そんな色々を含めてってことだ」

成り行き次第《しだい》で目的地が変わっていくため、アタルも明言はできなかった。

「な、なるほど、強者《きょうしゃ》ゆえの言葉だな。確かに、オニキスドラゴンや黒竜《こくりゅう》を倒した君たちなら今度の敵にも負けることはないだろう」

直接戦っている場面を見たことのあるバートラムは、アタルたちが誰かに負けるという場面が思い浮《う》かばなかった。

「まあ、そういうわけだから、この街に戻れたら城には行くよ……このまま話していたらいつまで経っても出発できないから行くぞ」

「はいっ！」

アタルが馬車に乗り込むとキャロもあとについていく。

バルキアスとイフリアはというと、別れを名残惜《なごりお》しむような気持ちはないため、先に馬車に乗り込んでいた。

「キャロ、気をつけて行ってくるのだぞ！」

「みなさんのご無事を祈《いの》っております！」

「またお越しの際は是非《ぜひ》、冒険者として依頼《いらい》を受けてくれ！」

レグルス、大臣、バートラムが順番に声をかけて、アタルたちはいよいよ北の山へと出発する。

馬車が小さくなり、見えなくなるまでレグルスたちは見送りを続け、キャロも馬車の一番後ろに移動して手を振り続けていた。

街を離《はな》れ、山へと向かう道のりは長く、途中《とちゅう》何度か野営をすることになったが、道中では魔物《まもの》と遭遇《そうぐう》することは少なく、無事に山の近くまで到着する。

「ん？　あれは、翼竜《よくりゅう》か。前回のドラゴン戦の残党か？」

「倒されますか？」

キャロが質問している最中にアタルは既《すで》に銃《じゅう》を構えている。

「黒竜やオニキスドラゴンの眷属《けんぞく》だとしたら、放置しておいたら街に向かう可能性もある。

ここは俺がさくっと倒しておこう」

アタルが引き金を引くと、放たれた弾丸《だんがん》は真っすぐ翼竜の頭部を撃《う》ち抜《ぬ》いて、一撃《いちげき》のもとに翼竜が地に落ちる。

他の個体がそれに気づいた時には、既にアタルが二発目三発目と発射しており、あっという間に全《すべ》ての翼竜が地に落ちることとなった。

「お見事ですっ！」

いつもの光景ではあったが、離れている場所にいる魔物を的確に撃ち倒すアタルの攻撃は、いつ見てもキャロの目には輝《かがや》いて映っていた。

「まあ、これくらいはな。あれだけ距離《きょり》がある相手だったら俺がやる。近接戦闘はそっちを専門にしているキャロたちに任せておくさ」

あくまで遠距離の相手だから自分がやっていると、肩をすくめたアタルが言う。

「いえいえ、アタル様だってきっと剣《けん》を持てばすごく強いはずですっ！」

このキャロの言葉にアタルは一瞬驚《いっしゅんおどろ》いたあとに笑う。

「ははっ、俺の剣術か。機会があったらいつか練習するのも悪くないかもな」

「その時はお手合わせお願いしますっ！」

アタルは冗談交じりだったが、キャロは心の底から思っているようだった。

アタルに対する尊敬から出た言葉かとも思ったが、その目は真剣《しんけん》である。

「さて、少し冷えてきたからこのあたりに馬車を置いていくか」

馬車を停《と》めるとアタルたちは降車する。

雪はまだないが、吹《ふ》く風からは肌寒《はださむ》さを感じ始め、吐《は》く息は白くなり、空気が冬のものへと変化している。

「うぅ、確かに寒いですっ」

キャロはブルブルと震《ふる》えながらコートと手袋を装着する。

「あぁ、防寒具を買っておいてよかったな」

アタルも同じように着替《きが》えていく。コートには耐寒《たいかん》の魔道具が編み込まれているため、外気の冷たさをシャットアウトしてくれる。

「バルとイフリアは大丈夫《だいじょうぶ》か？」

事前に必要はないと聞いていたが、ここにきて環境《かんきょう》が変わったので念のため確認をする。

『全然大丈夫！』

バルキアスは寒さなど微塵《みじん》も感じないようで、周囲を元気よく走り回る。

『うむ、我も問題ないな』

炎《ほのお》の魔力《まりょく》を強くまとっているイフリアは、外気温を感じることなく自分の状態を維持《いじ》している。

「そいつは頼《たの》もしい。まあ俺たちはこれでいいとして、馬車で行くわけにはいかないな」

そう言うとアタルは馬を馬車から外し、冷えないように毛布をかける。

そして、いくらかの食事を用意しておく。

「俺たちはあの雪山に向かう。お前はこの周辺で待機していてくれ。もし危険を感じたら、自由に逃《に》げていい」

「ヒヒーン！」

アタルの言葉を理解している馬は、返事をすると近くの木の根元へと移動した。

「それじゃ、俺たちは山に向かうとするか」

「はいっ！」

『うん！』

『うむ』

遠くに見える山肌は白く色づいており、事前の調査のとおり雪山であることは間違《まちが》いなかった。

準備を終えたアタルたちは徒歩で山へと向かう。

「――あの人たち、強いな……」

そんな彼らの姿を遠くから見ている人物がいた。

ほどなくして山に到着したアタルは右の手袋だけ外す。

さすがに防寒用の手袋を身に着けていては、引き金を引くのが難しく、引けても感覚に大きなずれができてしまうためだった。

それでもコートの耐寒機能が働いているので、手が冷たさで動かなくなるようなことだけは避けることができる。

『それでは我が先頭を行こう』

アタルとキャロが雪をかき分けて進むのは大変だと判断したイフリアは少しサイズを大きくして、その身体《からだ》で雪をどかしながら発する熱で溶かしていく。

「イフリアがいてくれて助かったよ」

『うむ、このようなことでそう思われると些《いささ》か複雑だが、役にたっているのであればいい』

イフリアは特別なことをしているつもりはなかったが、やはり主人であるアタルから感謝の言葉をかけられるのは悪い気はしなかった。

幸い山道で魔物が現れるようなことはなく、順調に山登りは進んでいく。

しばらく登ったところで、他に比べて雪の少ない開けたエリアに到着する。

そこには事前の情報通りの魔物が集まってきていた。

氷の身体を持つ熊《くま》――アイスベア。大柄《おおがら》な身体を持ち、動きづらそうな見た目と違い、なかなか素早《すばや》い。氷のとがった爪《つめ》から放たれる強烈《きようれつ》な一撃が特徴。

雪のごとく白い体毛の狼《おおかみ》――スノウウルフ。積もった雪に乗っても沈《しず》まず軽《かろ》やかに素早く動く。群れで行動することが多く、連携《れんけい》の取れた動きと鋭《するど》い牙《きば》の噛《か》みつき攻撃が特徴だ。

凍《こご》える吹雪《ふぶき》を放つスライム――アイススライム。その身体は氷のごとき硬《かた》さと、スライムの柔軟《じゆうなん》さを併《あわ》せ持《も》つ。

顔も身体も白い体毛で覆われた巨人《きよじん》のような大きな人型の魔物――スノーマン。腕《うで》を大きく振り回《まわ》したり、雪玉を投げつけてきたりと様々な攻撃をしてくる。

雪や氷の属性を持つこれらの魔物を相手にするのは問題ない。

「これくらいなら……」

まず、アタルの火の魔《ま》法弾《ほうだん》が有効だった。

対属性であり、威力《いりよく》の高い弾丸はあっさりと魔物たちを撃ち抜いていく。

キャロとバルキアスの近接攻撃も、イフリアの炎を纏《まと》わせた拳も効果的で、次々に魔物を倒していた。

だが、そんな中にあって、アタルたちを手こずらせる魔物がいた。

「あの氷のエレメンタルは邪魔《じゃま》だな……」

氷の結晶《けっしょう》が集まったかのような魔物――アイスエレメンタル。

くるくると結晶を回転させて氷の防御壁《ぼうぎょへき》を作り出しており、他の魔物を狙《ねら》った攻撃にもすっと割り込んできて防御でアタルの弾丸を弾《はじ》き落としていた。

一度や二度であればよかったが、それが複数回あると小さな苛立《いらだ》ちをアタルに与《あた》えていく。

もちろん強力な弾丸で攻撃すればその防御壁を撃ち抜くこともできるが、強力な弾丸であればあるほどに反動が大きくなるため、連射が難しい。

そのせいで魔物の討伐《とうばつ》に時間がかかってしまっていた。

時間が経過するにつれて、他の場所から魔物たちが集まってくる。

「アタル様っ！　ちょっと、数が多いですっ」

キャロは一度アタルのもとへと戻ってどうするか相談にきた。

戦いの音を聞きつけた魔物たち、その数は既に百を超《こ》えていた。

アタルたちを取り囲むようにじりじりと様子をうかがっている。

「一気に倒すのに強力な攻撃をしてもいいが、それだと雪崩《なだれ》が起きるし……」

雪崩が起きては山に多大な影響《えいきょう》を与えてしまう。

巻き込まれればアタルたちも危険だ。

そう考えてアタルは強力な攻撃を避けていた。

しかし、言葉を止めたのはこの考えが現状を打開するきっかけになると思ったためだった。

「バル！　イフリア！　戻れ！」

アタルが声をかけると、目の前の魔物を倒してから二人が戻ってくる。

魔物たちは急にバルキアスとイフリアが引いたことで、一瞬《いっしゅん》何かあるのかと戸惑いを見せているようだったが、すぐに切《き》り替《か》えてアタルたちへと向かって再び動き出していた。

「イフリア、巨大化《きょだいか》して、俺たちを乗せて上空に！」

指示を受けたイフリアはすぐにサイズを変えて準備を終える。

アタルと、指示を受けた二人もすぐにその背中に乗り、上空へ移動していく。

空から魔物たちを確認すると、今も周囲から次々に集まってきているようだった。

数で言えば二百に近づいてきていた。

「こ、これはすごいですねっ」

『さすがにこの数はやばいね』

『うーむ、これはどうする？』

一体一体の力はアタルたちにとって脅威《きょうい》にはならないが、このままでは山を登るのは難しい。それゆえに全員の意識がアタルに集まる。

この状況をどう打開するのか？　と。

「キャロとバルは休憩だ。イフリアは炎のブレスを山に向かって放て。俺も一緒に炎と爆《ばく》発《はっ》の魔法弾を山に撃ち込んでいく」

アタルがとんでもないことを言うため、全員の視線が、イフリアは意識だけだったが、それらがアタルに集まる。

「そ、それは確か雪崩というのが起きるのでは？」

道中で事前にアタルの説明を聞いていたキャロが心配する。

雪崩が起きれば山に大きな影響を与えてしまうという話を聞いていたからだ。

「この山に来てから俺は違和感《いわかん》を覚えていたんだ。この山に足を踏《ふ》み入《い》れた瞬間《しゅんかん》、一気に寒さが強くなった。その上周囲には雪が降ってなくて、山だけに雪が降り続けている。それにあの魔物たちは……この山にしかいない。しかも雪は一定量以上積もっていない、ずっと降っているにもかかわらずだ」

アタルは魔物たちを見下ろしながら説明をしている。

その間にもイフリアは魔力を溜《た》め、アタルは銃を構えていた。

「つまり、この山にはある種の自浄作用《じじょう》が働いていて、山に何かが起こったとしてもその力によって、一定の状態が保たれるからきっと大丈夫だ」

このアタルの予想は当たっており、山は一定の状態を保つように特殊《とくしゅ》な力で守られている。

「な、なるほどですっ！　あれだけの魔物がどこからともなく集まってくるのも不自然ですねっ！」

キャロもこの山の異常性に気づく。

アタルたちが倒した魔物の数は百を超えている。

にもかかわらず、未《いま》だに魔物は増え続けている。

これはアタルたちが魔物を倒し続けたことで、山の環境を破壊《はかい》する異物が来たと判断された。

それに対して山を支配する何かが状況を判断して魔物を送り込んでいると考えられる。

その状況を変えるには山に対して大きなアクションを加えることが大事だとアタルは考えていた。

結果、雪崩を起こすことになんのためらいもない。

「イフリア行くぞ……撃て！」

アタルの弾丸、そしてイフリアのブレスが同時に発射される。

イフリアが狙ったのは魔物たちの中心。

アタルが狙ったのは魔物たちがいる場所よりも更《さら》に上方にある雪が多く積もっている場所。そこを魔法弾で爆発させていく。

二人が放ったのは山を揺らすほどの強力な攻撃で、大きな震動《しんどう》が山に、そして雪に伝わっていく。

すると、ゴゴゴゴと大きな地鳴りのような音をたてて雪が動き出し、ついには雪崩が引き起こされた。

「す、すごいですっ」

山がまるで波のようにひとかたまりとなって、魔物たちを、道を、全てを飲み込んでいく。

魔物たちがそれに気づいて上を見上げた時にはもうどうすることもできず、魔物たちはなすすべなく雪崩に飲み込まれていった。

その様子をアタルたちは上空で眺《なが》めている。

「やはりそうか……」

自分の予想が確信に変わったためのアタルの呟《つぶや》きである。

雪崩はふもとに到着する頃には消えており、先ほどまで魔物が押し寄《よ》せていた広場は最初と同じ状態に戻《もど》っていた。

「アタル様がおっしゃる通り、一定の状態に保たれているみたいですねっ……」

これこそアタルが違和感を覚えていたということが正しかったことの証明だった。

「イフリア、さっきの場所に降りよう」

今は上空からの動きに対しての反応はなかったが、これ以上ここにとどまれば山から別のアクションが起きるかもしれないため、一度着陸することにした。

広場にいたはずの多くの魔物は、ほぼ一網打尽《いちもうだじん》となっている。

魔物を復活させるのには力がいるのか、すぐに魔物たちが集まってくるような気配はない。

ただ、広場にいた魔物の中でも一種だけ残っている。

魔核《まかく》を中心に氷の結晶の欠片《かけら》を集めたような姿の魔物だ。

「アイスエレメンタル……」

アタルが呟くと、それに呼応するかのように残っていた全てのアイスエレメンタルがアタルたちに狙いを定め、一斉《いっせい》に氷魔法《まほう》を放つ。

使われたのはアイシクルランス。

氷によって作り出された数本の槍《やり》だったが、これに関してはアタルが全て撃ち落《お》としたため、問題はない。

しかし、それでもアイスエレメンタルは慌《あわ》てる様子がない。

そもそも感情があるのかという問題もあるが、アタルたちは未だアイスエレメンタルの障壁《しょうへき》を破れずにいる。

雪崩が起こった時も、複数のアイスエレメンタルが一か所に集まって防御壁を張ることで乗り切っていた。

どうやら彼《かれ》らは互《たが》いの個体を共鳴させて行動することができるようだった。

「おいおい、そんなこともできるのかよ……」

アタルがげんなりした顔で呟き、キャロは口元に手をあてて、バルキアスとイフリアは口をポカンと開けてそれを見ている。

魔法攻撃《こうげき》を防がれたアイスエレメンタルは、より強力な攻撃を放つために集合して一つに融合《ゆうごう》し、巨大《きょだい》アイスエレメンタルになっており、障壁も強力なものになっていた。

「はあ……いい加減、なかなか面倒《めんどう》だから俺《おれ》が一気に倒《たお》してくる」

アタルはそう言うと、ゆっくりとアイスエレメンタルへと近づいていく。

「悪いが、さっさと終わらせてもらうぞ」

両手に持ったハンドガンを構えると、弾丸を撃ち込んでいく。

一発、二発、三発と同じ場所へと撃ち込まれた弾丸はまだなんの結果も示さない。

しかし、その弾丸は四発、五発……十発、二十発とどんどん増えていき、ついには防御壁にヒビを作りだす。

アイスエレメンタルも魔力を流し込んで防御壁の強化を図《はか》っていくが、それを上回る速度で弾丸が撃ち込まれていく。

「そろそろいいな」

ヒビが大きくなったところで、アタルはハンドガンを上空に放《ほう》り投《な》げる。

するとハンドガンはどこかの空間へと消えて収納された。

次の瞬間、アタルの手にはライフルが握《にぎ》られていた。

素早く狙いを定めて引き金を引く。

発射音とともに弾丸は真っすぐヒビに向かっていった。

撃ち込んだ弾丸はジャイロバレット。回転する弾丸がヒビを広げていく。

「これで……とどめだ！」

続けて発射された二発目の弾丸は炎の魔法弾（玄《げん》）。

弾丸は防御壁を貫《つらぬ》いて、そのままアイスエレメンタルの中心にある魔核に突《つ》き刺《さ》さり、そこで魔法が発動された。

強力な炎の魔法がアイスエレメンタルを内側から燃やしていく。

それだけにとどまらず、アタルは爆発の魔法弾を撃ち込んで溶けていくアイスエレメンタルの内側で魔法を発動させて、魔核ごと破壊した。

かなり大きな音だったが、しばらく待っても魔物が現れる気配はなかった。

「まだ魔物に対しての自浄作用は働いてないみたいだな。それじゃ今のうちに上を目指して行くぞ」

先ほどイフリアの背中に乗って飛んだ際に、アタルは魔眼で山の全体を確認《かくにん》しており、ここより登っていった場所に強力な魔力を感じる何かがあった。

ここからは最初に山を登った時と同様に、再びイフリアが先頭になってゆっくりと進んでいく。

しかし、今度は魔物も現れず、安全に進むことができた。

一時間ほど山を登ったところで、アタルが上空で確認した強力な魔力を感じる何かへと到着する。

「これが永久氷壁《ひょうへき》というやつか」

「みたいです。この氷の壁《かべ》がここからぐるっと一周覆《おお》っているとのことでしたっ」

氷壁はアタルが見上げるほどの高さで、およそ三メートルはあることがわかる。

「これはすごいな。圧倒《あっとう》される」

厚さもかなりあるため、氷の向こう側がどうなっているのかも見えない。

「恐《おそ》らくこの先に青龍《せいりゅう》がいると思われるが……まずは壊《こわ》してみるか。いくぞ！」

そこからアタルたちによる永久氷壁の破壊が始まる。

アタルはありとあらゆる弾丸を撃ち込んでいく。

通常弾《だん》、貫通弾《かんつうだん》、ジャイロバレット、炎の魔法弾、爆発の魔法弾。

キャロは剣に魔力を込めて切りつける。

バルキアスは体当たりと爪で、イフリアは拳《こぶし》とブレスで攻撃《こうげき》をする。

止《や》むことなく連続攻撃を行っていくと、永久氷壁に傷がつく。

しかし、それらはすぐに修復されてしまった。

それは、先ほどのアイスエレメンタルの防御壁の比ではなく、それこそ一瞬のうちに傷が消えてしまった。

「これは、やばいな」

「まともにダメージを与えられないなんて……どうしましょうか？」

あまりの手ごたえのなさにアタルとキャロはどうしたものかと腕を組んでいる。

「……オニキスドラゴンを倒したスピリットバレットを撃ってみるか？　だが、威力の大小じゃないような感じもするなあ」

アタルは自分が持ちうる最強の攻撃を撃ち込んだとしても瞬時《しゅんじ》に修復される――そんな印象を持っている。

アタルたちが話し合っている間も、バルキアスは氷壁を削《けず》ろうと攻撃を加え続け、イフリアは炎で溶《と》かそうとしている。

しかし、どの方法でも光が見えてこない。

解決策が見つからないまま、ただただ時間だけが経過していく。

「――こんにちは」

そんなアタルたちに声をかけてくる人物がいた。

キャロよりも背の低い犬の獣人《じゅうじん》の少年だった。モコモコした暖かそうな服を着ている。

グレイの毛の色やニコッと笑った口から見える犬歯から推察するに、シベリアンハスキーをベースとした獣人であることがわかる。

「誰だ？」

敵意は感じられないため、攻撃態勢は取らずにまずは少年が何者なのかを確認する。

その間も一挙手一投足を見逃《みのが》さないように少年の動向には注意を払う。

「俺の名前はミクレル。あんたは山から少し離れた場所で翼竜《よくりゅう》を倒していた人だろ？　この氷の壁を壊したいのかい？」

何者かはわからないが、アタルたちが山に登る前から見ていたらしい。

そして、ここにいるということは一人でここまで登ってくることができるだけの力を持つ人物である。

「あぁ、俺はアタル。冒険者《ぼうけんしゃ》でこの永久氷壁の向こうに用事がある。彼女《かのじょ》はキャロ、そっちの白いのがバルキアスで、そっちの竜がイフリアだ」

アタルが紹介《しょうかい》すると順番に頭を下げていく。

「挨拶《あいさつ》どーも。ここ最近このあたりを翼竜が飛んでいて困っていたんだ。山の魔物と争うやつもいたりして、ちょっと騒《さわ》がしかったから倒してくれて助かったよ。そのお礼ってわけじゃないけど、うちの祖父《じい》ちゃんのところに連れて行ってあげる。まあ、翼竜倒してなくても多分連れて行くことになったと思うけど」

それがアタルたちの助けになるとわかっているのか、ニコリと笑っている。

「ミクレルの祖父さん？　会うことで何か俺たちに得があるのか？」

前情報もなく、ただ祖父に会わせると言うため、なんのためにそんなことを提案してきたのか、冷ややかな口調でアタルは問いかける。

だがそれに気を悪くすることなく、ミクレルは歯をニカッと見せて笑う。

「へへっ、そう言うと思ったよ。俺の一族はこう呼ばれているんだ。『氷の守り人』ってね。俺たちはそこの永久氷壁を守護しつづけてきた一族なのさ」

ミクレルは胸元《むなもと》からお守りを取り出して見せる。

結晶の中に青い炎をかたどった模様が刻まれている小さなお守りだったが、アタルの魔眼には強力な魔力の塊《かたまり》として映っており、それだけでも彼の言葉の信憑性《しんぴょうせい》を物語っていた。

「俺はまだ正式にはあとを継《つ》いでないけど、守り人の祖父ちゃんは色々と知っているはずだから、会ってくれればこの永久氷壁をなんとかする方法を知ることができるかもしれないよ」

再度ニカッと笑うミクレル。

その笑顔がアタルたちを先に導いてくれる。そんな予感をアタルたちは感じ取っており、打開策がない現状を考えて、ミクレルの祖父に賭けてみようと判断する……。

第三話　氷の守り人

「どうやって上まで登って来たんですか？　途中で魔物が出て来たと思いますけど……」

ミクレルがどうやってここまで来たのかをキャロが質問する。

アタルたちですらここに来るまでにはそれなりに苦労をしていた。

「へへっ、このお守りには火の神様の力がこもっているから、この山の魔物が襲《おそ》ってくることはないんだよ。山の様子を俺と祖父ちゃんで交互《こうご》に見に来るんだけど、その時はこのお守りを持っていくことになっているんだ」

質問に対して、ミクレルはポンポン気前よく答えてくれる。

「といっても、基本的にはただ見に来るだけで何かするわけじゃないんだけど。もし、氷の奥《おく》に用事がある人物を見かけたら正式な守り人の祖父ちゃんのとこに案内することになっているんだよ」

あくまでも自身は手伝いレベルで、現在の正式な守り人は祖父であるとのことだった。

「なるほどな。ということは、氷の奥に何があるのかをミクレルは……」

「あぁ、もちろん俺は知らないよ。そのへんのことは祖父ちゃんが全部知っているはずだから、話せば教えてくれると思うよ。ま、多分ね」

火の神のお守りがあるため、下山時も魔物が現れることはなく早々にふもとに到着する。

ミクレルの祖父の家はそこから少し西に行った場所にポツンと建っており、周囲に民家はなかった。

「祖父ちゃーん、ただいまー。氷の壁のとこにいた人たち連れて来たよ」

「ミクレル、おかえり。永久氷壁に挑《いど》もうとする者も久しぶりじゃのう……どれ、中に入ってもらえ」

「それじゃどうぞ」

ミクレルに促《うなが》されて、アタルとキャロは家の中に入っていく。

余計な説明を省くためにバルキアスとイフリアは外で待ってもらっている。

「どこから来たか知らんがここに来るまでずいぶんかかったじゃろ。わしはミクレルの祖父でカイレルという」

暖かそうな半纏《はんてん》と和服に似た服を身にまとった獣人族の老人――カイレルはにこやかに自己紹介をする。こちらも見た目からミクレルと同様シベリアンハスキーの獣人であることがわかる。

しかし、視線は鋭く、アタルたちの人となりを見定めるために二人のことを見ている。

「はじめまして、俺はアタル。冒険者だ」

「私はキャロです。同じく冒険者をしていますっ」

二人が自己紹介をしている間にもカイレルは二人がどういう人物なのかを確認していた。

「ふむ、わしは代々氷の守り人をしている一族の末裔《まつえい》じゃ。氷の守り人の役目というのはあの氷壁が維持されていることを定期的に確認すること。それから悪意をもってあの氷壁を破壊しようとする者を罰《ばっ》することじゃ。さて、ここに来たということはお前さんたちも永久氷壁の前にいたということになる。まあ、ミクレルも言っておったがな。お前さんらも、あの奥に用事があるということじゃな？」

カイレルの質問にアタルとキャロは無言で頷《うなず》く。

「ふむ、過去に聞いた話ではあの奥に宝があると聞いて侵入《しんにゅう》を試みようとした者がいたらしい。他にもあそこには伝説の武器があるなどというたわごとを言っていた者もいるらしい。そのほとんどが永久氷壁にたどり着く前に山の魔物に殺されたとのことだが……そこでお前さんたちに質問したい——なぜあの場所に行った？　あの奥に何があると思ってやってきた？」

カイレルは厳しい表情でアタルたちを試《ため》すように質問してくる。

「わかった、どこまで知っているのかわからないが話していこう」

アタルは反対にカイレルを試すかのように口を開く。

キャロはアタルに任せようと口を噤《つぐ》むことにする。

「この世界には四神と呼ばれる神がいる。俺たちはその中の玄武《げんぶ》、白虎《びゃっこ》という二柱と戦った。その中で神の力の一端《いったん》を得ることができた。そして、俺たちが今後戦うであろう敵のことを考えると残りの二柱にも会って力を得る必要がある」

この話はカイレルも初めて聞いたらしく、興味深そうにしている。

「そして、獣人国で色々調べてもらった結果、この山に次の四神である青龍がいるという情報を得た。まあ、青龍という名前が伝わっているわけじゃなく、俺が個人的に知っているだけだがな」

四神の名称《めいしょう》まではどの文献《ぶんけん》にも載《の》っておらず、ここに来るまで知っているのはアタルだけだった。

「……ついにきたか」

黙《だま》ってアタルの話を聞いていたカイレルは何かをこらえるように目を瞑《つぶ》って天井《てんじょう》を仰《あお》いでいる。

「ついに、ついについについにこの日がきた！」

上を向いても抑《おさ》えきれなかったのか、その目からは一筋の涙《なみだ》が流れていた。

「じ、祖父ちゃん？」

そんな祖父を見たことがなかったミクレルは慌ててカイレルに駆《か》け寄る。

「すまんな、心配せんでええよ。わしの一族はこの地でこの使命を受けて、数百年経過する。ミクレルにも徐々《じょじょ》に仕事を任せて、いつかミクレルが守り人としての使命を受《う》け継ぐことになると思っていた。しかし、わしの代で一族の使命が終わりを迎《むか》えるかもしれん。そう思ったらつい な……」

大仰《おおぎょう》な反応を見て、アタルとキャロは顔を見合わせて驚《おどろ》いていた。

「わしは先代から聞いていた。先代はその前から、その前からと……ずっと歴代言われてきたことがある。青龍の名を知る者が現れたら、この使命を与えた神のもとへと案内するように、とな」

ここでぐいっと涙をぬぐったカイレルはニコリと心の底から笑顔《えがお》になる。

自分が生きているうちに、青龍に会おうという人物が来るとは思っていなかった。

しかし、アタルたちが現れたことで自分の使命は近い将来に終わり、ミクレルにまでその使命を引《ひ》き継ぐことをしなくてもいいかもしれない。

この可能性は長年肩《かた》にのしかかっていた責任からカイレルを解放し、彼の心を軽くさせてくれていた。

「今日はここに泊《と》まっていってくれ。明日《あした》の朝出発しよう。早く出るから、飯を食ったらすぐ寝《ね》るぞ！」

その晩はこの家にある全ての食材を使って、更にアタルも食材を提供して豪勢《ごうせい》な宴会《えんかい》となった。

酒の入ったカイレルがこれまでの苦労話をしていき、ミクレルはそれでも山の見回りは楽しかったと話す。

対して、アタルたちはこれまでの冒険《ぼうけん》のことを話して、宴会を盛り上げていた。

外で待っていたバルキアスとイフリアも家の中に入って宴会に参加しており、二人が好む肉料理も大量に用意されたため、満足のいく夕食となった。


翌早朝。

アタルたち四人と、守り人二人は家を出ると北西に向かっていた。

キャロが城でもらった地図では何もない荒野《こうや》として記されている場所だった。

そのことに対してアタルはカイレルとミクレルに質問するが、何か含《ふく》みのある笑いを浮かべるだけで、行けばわかるとしか言わなかった。

そして、現地に到着《とうちゃく》したところで、アタルもキャロも、バルキアスとイフリアも口をポカンと開けて驚くこととなる。

本日は空に雲一つない快晴である。

「こ、これは」

「なんでここだけ……」

アタルとキャロからこんな声が出るほどに、目の前にはありえない光景が広がっていた。

ただの荒野のど真ん中で風が吹き荒《あ》れ、大量の砂ぼこりが舞《ま》っている。

しかし、それも決まった十メートル四方の内側だけで、その外はそよ風が吹いていた。

竜巻《たつまき》がそこにとどまっているかのような不思議な光景にアタルたちは驚いていた。

「あの氷壁を作ったのは四属性を司《つかさど》る、属性神様だと言われておる。我が一族はその属性神様から命を受けたのじゃ。山に登るにはミクレルが持っている火の守りが必要となる。そして、ここを抜けるにはわしが持っている風の守りが必要になるんじゃ」

カイレルは首から下げていたお守りの袋《ふくろ》から小さな緑の結晶石を取り出すと、風に向かって掲《かか》げた。

徐々に風が収まっていき、ついには無風状態へと移行する。

「おぉ、これはすごい」

「神様の力……すごいですっ！」

『ガ、ガウ……』

『むむ』

二人だけでなく、バルキアスとイフリアも目の前で起きた現象を見て驚いていた。

竜巻が消え、視界が良好になった荒野の中央には台座が設置されており、カイレルとミクレルは迷わずそこへ向かって行く。

「この石を台座にはめ込むと……」

言葉にしたとおり、カイレルが台座の真ん中にあるくぼみへ、風の守りと呼ばれた石をはめ込んでいく。

数秒後、地響《じひび》きを立てながら台座が地中に沈み込み、そこに階段が出現した。

「ここまでで、わしたち守り人の役目は終わりじゃ。永久氷壁に関してはこの先にいらっしゃるであろう属性神様が解除の方法などを説明してくれる。さて、短いつき合いじゃったが色々なことを聞けて楽しかった。この先は力になれんが、家には好きな時に立ち寄ってくれてええよ。ミクレル、わしらの役目はここまでじゃ。行くぞ」

「う、うん！」

ミクレルはこれからどうなるのかを見届けたいという気持ちがあった。

それでも言葉を飲み込んで祖父の指示に従ったのは、氷の守り人の次期あと継ぎとしてのプライドがあったからかもしれない。

「さて、どんな神様が出てくるのか……行くぞ！」

「はいっ！」

『ガウガウ！』

『うむ！』

四人は地下へと続く階段を下っていく。

最初は真っすぐだったが、途中《とちゅう》から螺《ら》旋《せん》階段へと変化していった。

グルグルグルグル、どこまで続くかわからぬまま四人は無言で進む。

壁がぼんやりと光を放っているため、深くまで下りてきたにもかかわらず、暗さは感じない。

時間がどれほど経過したのかわからなかったが、一行は最下層へと到着する。

不思議と疲労《ひろう》は感じなかったが、時間の経過に関しては長かったような気もするし、短かったような気もするという不思議な状態だった。

「ここか……広いな」

「天井も高いですっ」

最下層は大きな部屋になっていた。

上の嵐《あらし》が吹《ふ》き荒れていた荒野よりも面積は広く、天井もまるで吹き抜《ぬ》けであるかのような高さだった。

部屋の中へアタルたちが足を踏み入れて、数歩進んだところで、空からくるくると回りながら手をつないだ二人の子どもが降りてきた。

『やっときたね』

『やっときたね』

先に口を開いたのは緑の光を纏っている子ども。

オレンジ色の光を纏っている子どもは続けて同じ言葉を口にする。

「えっと……」

子どもということでキャロが声をかけようとしたが、子ども二人はニコリと笑ってアタルたちに向かって腕を伸《の》ばすと言葉を続ける。

『僕《ぼく》は風の神。君たちがやってくるのを待っていたよ』

『僕は土の神。君たちがやってくるのを待っていたよ』

神だからアタルたちのことを見越《みこ》していたのか、それともここにたどり着く者を待っていたのか。

真相はわからないが、この二柱が永久氷壁を突破《とっぱ》するカギとなる神だということは自己紹介でも、そして感じ取れる力からもわかる。

「俺はアタル。彼女はキャロ。こっちがバルキアスで、そっちがイフリア。俺たちは青龍に会うために、永久氷壁を突破するカギとなる神に会いに来た」

アタルが言うと、風と土の神はニコリと笑う。

『あの永久氷壁は僕たち二人と、火の神、水の神の四柱が協力して生み出したんだ。それは君の言う青龍を封印《ふういん》するためなんだ』

『あの永久氷壁は僕たち二人が外側から、火と水の神は氷になることで強固にしたんだ。四柱の神が力を結集して作った封印結界だから、ちょっとやそっとじゃ解除できないよ』

永久氷壁がアタルたちの攻撃で破れなかった理由がここにある。

神々がその身を賭《と》して作った結界であれば容易に壊すことができないのも、山をあのように一定の状態に保つことができるのも理解できる。

「だったら、解除する方法を教えてほしい。俺たちはどうしても青龍に会わなきゃならないんだ」

「お願いしますっ」

話のわかる神だと判断した二人は、氷壁を突破する方法の伝授を依頼《いらい》する。

『うーん、どうして青龍に会うんだい？』

『どうしてどうして？』

無邪気《むじゃき》な声音《こわね》だが、当然の質問を神がアタルたちにぶつける。

「俺たちは四神のうちの一柱、玄武と思わぬ遭遇《そうぐう》をして戦うことになった。その時に俺は討伐した玄武の力の一端を手に入れることになったんだ」

アタルが玄武とのことを話す。

『僕たちは獣人の国にある湖で白虎の魂《たましい》と戦って、その時に僕が白虎の力を少しもらったんだ』

続いてバルキアスが白虎の説明をする。ふわりと白虎からもらった文様が光った。

それぞれ四神の力を手に入れた者が話すことで、信憑性を高くしていた。

「そして、青龍の力も手に入れて宝石竜《りゅう》と戦うつもりだ」

これまで四神のうち二柱を倒した自分たちであれば青龍を倒すこともできるとアタルは判断しており、今後の戦いのことを考えれば回避《かいひ》するという選択肢《せんたくし》はなかった。

『なるほど、でもなんで君たちが宝石竜と戦うんだい？』

『なるほど、でもなんで君たちが戦わないといけないんだい？』

宝石竜といえば、世界にはびこる災害のような存在であり、一冒険者のアタルたちが力を持っているとはいえ、なぜ戦うのかを神たちは問う。

「あー、七体の宝石竜を呼び起こして、その核《かく》を使って最後の宝石竜を復活させようとしている魔族《まぞく》がいるんだ。そいつは俺たちと多少以上の縁《えん》がある。そいつは俺たちのことを敵と認識《にんしき》しているし、俺たちもそうだ。だから、あいつの好きなようにさせないためにも俺たちが先に宝石竜を倒す必要がある。あと、ある爺《じい》さんにも頼《たの》まれているからな」

アタルはラーギルとの経緯《けいい》を説明し、最後に創造神のことを付け加えた。

『なるほどなるほど、理由はわかった。でもでも玄武は自我《じが》を失っていて、白虎は実体を持っていなかった。そうだよね？』

『なるほどなるほど、理由はわかった。でもでも白虎も魂だけの存在だったんだよね？不完全な四神を倒しただけの君たちが青龍を倒すことができるのかな？』

玄武は封印が解かれて野放しになっており、神秘性が徐々に薄《うす》れて本来の力を失って巨大で強固な亀《かめ》の魔物のようであった。

白虎も十全の力を発揮できるであろう自分の身体《からだ》を持たず、バルキアスの身体を乗っ取ることでしか白虎は戦うことができなかった。

「……確かにあいつらが不完全だったことは否定できない。だが、どう言われても俺たちは青龍と会わなければならない」

宝石竜との戦いの重要性をわかっているがゆえに、強力な相手だったとしても逃《に》げるという選択肢はない。

それがアタルの考えだった。

『ふーん……力が必要だというのはわかったよ。これまで四神の力を手に入れて強くなったのもわかったよ』

『わかった、わかったよ』

「じゃあ！」

アタルが食い気味で言葉に乗っかろうとするが、風の神は首を横に振《ふ》っている。

『それでも僕たちは思う。君たちで本当に青龍と戦えるのかな？　そんなヒョロヒョロで弱そうな身体で勝てるのかな？』

『それでも僕たちは思う。君たちは弱い、弱い。多少の力を持っているだけで本当に青龍をなんとかすることができるのかな？』

神たちは命がけといっていいレベルであの永久氷壁を作っている。

その封印を解くとなれば、最低限青龍とまともにやりあえるレベルを示してくれないとその許可はできない。

自分たちだけでなく、残りの二柱のことと、この世界のことを考えれば慎重《しんちょう》になるのは十分理解できることだった。

『もう一度聞くけどそんな君たちが青龍と会って、仮に暴走された時になんとかできるのかな？』

『もう一度聞くけどそんな君たちが青龍と会って、戦える力はあるのかなあ？』

冗談《じょうだん》やからかっているわけではなく、青龍の力を知っている神だからこそ、アタルたちにこの質問を投げかけた。

「どう言われても、俺たちは認めてもらうしかない。どうすればいい？」

このまま会話を続けていても埒《らち》が明かないため、神が認める条件について質問する。

『君たちの力を一人ずつ試させてもらいたいね。青龍と戦う価値があるかどうか、見せてくれるかな？』

『君たちの力を一人ずつ試させてもらいたいね。見せて、見せてよ！』

神たちは青龍の結界のことを真剣《しんけん》に考えているが、ずっとこの場所に引きこもっていたため、刺激《しげき》に飢《う》えていた部分もある。

アタルたちの力を試す。自分たちの欲求も満たす。

その両方を満たせるいいチャンスだった。

「もちろんだ。力を見せず、素直《すなお》に青龍と会わせてくれるとは思っていない」

その返事を聞いた二柱は笑顔になる。

『それじゃあ、誰《だれ》からやるか決めてくれるかい？』

『それじゃあ、誰が最初に戦うんだい？』

神たちは楽しそうに質問してくる。早く始めたい、そんな気持ちが伝わってくる。

『僕から行く！』

最初に名乗りを上げたのはバルキアス。ぴょんと前に出て唸《うな》りながら戦闘《せんとう》態勢をとる。

一番に戦って勝利をもたらすことで、勢いをつけようと考えていた。

「では私は二番手でいきますねっ」

続くのはキャロ。手を胸にあてて笑顔を見せた。

『では、我は三番だな』

その次がイフリア。くるりと一回転するとやる気を見せるように小さく炎《ほのお》を吐《は》く。

「じゃあ、俺がトリということでいいか。順番は決まったから早速《さっそく》始めてくれ」

バルキアスだけを部屋の中央に残して残りの三人は部屋の端《はし》へと移動していく。

『それじゃ、僕が相手を用意するね。こいつでどうだあああ！』

土の神が生み出したのは巨大なゴーレムであり、バルキアスとのサイズ差は呆《あき》れるほどのものだった。

『かかってこーいっ！』

それに対してバルキアスは全く動じておらず、早く戦いたいとさえ思っていた。

『ではでは、戦闘』

『開始！』

神の合図によって戦いが始まる。

『てえええええええい！』

結果だけを言うと、バルキアスは白虎の力を使って素早《すばや》く飛び出すと、力を込めてゴーレムに体当たりをして、一瞬《いっしゅん》のうちに撃破《げきは》した。

『……えっ？』

『……えっ？』

今度は二人とも同じ言葉を口にする。

「さあ、次は私ですっ。お願いしますっ！」

バルキアスが勢いのつく結果を残したことで、キャロも気合が入っていた。

『お、おかしいなあ。ちょっと柔《やわ》らかく作っちゃったかな？　こ、今度こそ大丈夫《だいじょうぶ》！』

小柄《こがら》な女の子であるキャロの相手は数十体の小ゴーレム。

小ゴーレムと言っても、先ほどのバルキアスの相手と比べればという程度で、アタルよりは大きなサイズである。

「せやあああああ！」

しかし、キャロはそれらをあっという間に舞うような剣戟《けんげき》で打《う》ち砕《くだ》く。

三番手のイフリアになってくると、神も本気を出して大ゴーレム、小ゴーレムに加えて風の神が作り出した精霊《せいれい》を相手にすることとなった。

しかし、最初に撃《う》ちだされたブレスによって全《すべ》てが飲み込まれたことで一瞬のうちに決着する。

『……強い』

『……強すぎる』

まさかここまで一方的な結果になるとは思っていなかったため、神として生み出されてから今日までの間で最も驚くこととなった。

「それじゃ、あとは俺が戦って終わりか？　ちなみに言っておくが、さっき出てきたゴーレムや小さな精霊程度じゃ相手にならないからな？」

暗に、このメンバーの中で自分は一番の実力を持っているとアタルは教える。

挑発《ちょうはつ》も込めたこの言葉によって、神の尻《しり》に火を点《つ》けて本気を出してもらおうとしていた。

『なめてもらっては困るね』

『困る、困るよ。これでも神だからね』

苛立《いらだ》っているからなのか、同じ言葉を繰《く》り返《かえ》す様子が見られなくなる。

『僕が最硬のゴーレムを作る！』

『僕が最強の鎧《よろい》を作る！』

二柱ができる限りの力を振り絞《しぼ》って最強のゴーレムを作り出す。

これまでのゴーレムとは異なり、岩ではなく鉄鋼でできたゴーレム。

鉄鋼といっても魔力《まりょく》が込められている強力な魔鉄鋼であるため、強度は通常の金属の比ではない。

さらにその身体を風の神によって作られた巨大《きょだい》な風の鎧が覆う。

しかも、それが二体。

「ほう、これはすごいな。神が生み出すだけのことはある」

これまでのようなゴーレムを作り出されても自分の力をほとんど見せずに終わってしまうと考えたアタルは、神が持ちうる力を発揮してもらって、そのうえで自分の力を見せようとしていた。

『それじゃいくよ』

『いくよ、いっくよー！　戦闘、開始！』

開始の合図とともにアタルは手にしたライフルから弾丸《だんがん》を撃ち込んでいく。

最初は通常弾で様子を見る。

「さすがにこれは効かないか」

風の鎧によってあっさりと防がれてしまう。

次は風の鎧をなんとかしようと魔法弾を放っていく。

効果を確認するために撃ち込んだが、雷《かみなり》の魔法弾だけが鎧を突き抜けることができた。

しかし、弾丸は次の魔鉄鋼の身体に防がれてしまう。

その間にも二体のゴーレムは地面を大きく揺《ゆ》らすほどの大股《おおまた》でアタルへと迫《せま》っていた。

『あれだけ大口をたたいて走り回《まわ》るだけなのかな?』

『あれだけ大口をたたいて逃げ回るだけなのかな?』

神たちはアタルのことを馬鹿《ばか》にするとともに、残念な気持ちになっていた。

先の三人は一瞬でかなりの強さを示している。

しかしながら、恐らくまとめ役であるアタルはゴーレムから距離《きょり》をとりながら攻撃を何度かするが、全くといっていいほど結果を残せていなかった。

「まあまあ、見ていろって」

ゴーレムたちは身体が重いため、素早い動きはできず今はアタルが優勢だったが、体力に制限がないゴーレムがいずれ有利になることは目に見えている。

「イフリア！」

『承知』

アタルはあえてイフリアの近くに移動し、その力を体内に取り込んでいく。

以前やった時は互《たが》いに消耗《しょうもう》していたために危険もあったが、今回は万全《ばんぜん》の態勢で来たことで、スムーズに力の共有ができていた。

ここまでの力を持つゴーレムとなると、やはり協力技《わざ》でとどめをさすのが一番という判断だった。

『仲間の力を借りる。それはいい判断だと思う』

『ででも、少し力を借りたくらいで倒《たお》せるかなあ？』

ここまでアタルは弾丸をいくつか撃ち込んでいる。

しかし、そのどれもが決定打とはいえず、ゴーレムは全くと言っていいほどダメージを与《あた》えられていないため、無傷だった。

「一つ確認《かくにん》がある！　ここの壁は硬《かた》いのか？」

走りながらのアタルからの質問に神たちは顔を見合わせる。

『君の攻撃《こうげき》程度であればダメージはない』

『君の攻撃程度じゃ傷もつけられない』

その答えを聞いたアタルはニヤリと笑った。

「了解《りょうかい》した。それなら……全力でいけるな！」

ここは荒野の地下、地中深くにあるため、強力な攻撃によってここが崩《くず》れるようなことがないかと心配していた。

しかし、神のお墨《すみつ》付き。

ならば全力でいけるとアタルは足を止める。

『おや、覚悟《かくご》を決めたのかな？』

『おや、負けを認めるのかな？』

アタルが逃げるのをやめたことで、いたずらが成功した子どものように笑った神はそう判断した。

「いや、これで終わりだ」

アタルが走り回っていた理由は何も攻撃を避《さ》けるためだけではなかった。

銃口《じゅうこう》はゴーレムの左胸のあたりを狙《ねら》っている。

神がゴーレムを生み出す際に胸に核を入れているのを確認していた。

「行くぞ、スピリットバレット（玄《げん》）！」

一発の強力な弾丸が発射される。

アタルとイフリア、そして玄武の力が込められた弾丸はゴーレムを覆《おお》う風の鎧をあっさりと貫通《かんつう》し、魔鉄鋼で作られた身体を突《つ》き抜け、その中にある核の中心を打ち砕いた。

『なっ⁉』

『なんで⁉』

神は驚くが、アタルの攻撃はまだ続きがあった。

その弾丸は後ろにいたゴーレムの風の鎧、魔鉄鋼の身体を一体目と同じように撃ち抜いて核を破壊《はかい》する。

核を壊《こわ》された二体は、数秒ガクガクと動いたあと、その場にバタリと倒れた。

「まあ、こんなところか。想定外だったのは後ろの壁《かべ》まで撃ち抜いたことだな」

スピリットバレットは二体のゴーレムを撃ち抜いたあと、見る位置を移動していた神たちの間を通り過ぎて、その後ろにある壁に突き刺《さ》さり、しばらく進んだところでやっと停止した。

『い、今のは一体……』

『あ、危なかった……』

少し横にずれていたら、神すらも撃ち抜いていたかもしれない。

それだけの威力《いりょく》を持った攻撃に神たちは戦慄《せんりつ》を覚えていた。

「俺《おれ》のとっておきさ。それよりも、これで俺たちの力も少しは認めてもらえたかな？」

アタルの質問に神たちは勢い良く頷いている。

もしここでアタルの機嫌《きげん》を損《そこ》ねてしまえば、先ほどのスピリットバレットを撃ち込まれてしまうかもしれないという恐怖心《きょうふしん》がそうさせていた。

『な、なんにせよ、力を認めたからには永久氷壁《ひょうへき》の解除をしよう』

『な、なんにせよ、とにかく地上に出よう』

地上という言葉を聞いてアタルとキャロはげんなりとした表情になる。

「あの長い階段を今度は上るのかあ……」

「時間がわからないほど長かったですからねえ……」

下るのはまだ楽に感じていたが、上りともなれば感覚的にはかなりきついものである。

『あぁ、大丈夫だよ。あそこの魔法陣《まほうじん》に乗れば地上に出られるよ』

『あぁ、大丈夫だよ。今起動するからすぐに地上に出られるよ』

そう言って、神は魔法陣まで移動して手をかざすと何やらぶつぶつと呟《つぶや》いている。

次の瞬間《しゅんかん》、魔法陣が目覚めて光を放つ。

『さあ、乗っていいよ』

『さあ、行こうか』

促されるままにアタルたちは魔法陣へと足を踏《ふ》み入《い》れる。

その瞬間、魔法《まほう》が発動して強い光がアタルたちを包み込んだ。

次の瞬間、アタルたちは荒野の上にいた。

「これは……すごいな」

「ビックリしましたっ！」

アタルは感動、キャロは驚愕《きょうがく》といった様子。

バルキアスとイフリアは何が起こったのかと、自分の身体を確認していた。

『地上に出ると僕らは少し辛《つら》いから最小限の発言になるけどちゃんと見守ってるよ……』

それだけ言うと、神たちは姿を消した。

「すごい！　みんなが一瞬で出て来たよ！」

「うむ、さすが神の御業《みわざ》といったところじゃな」

アタルたちが地下に潜《もぐ》ってから数時間が経過していたが、その間守り人の二人はずっとこの場で待っていた。

カイレルが戻《もど》ろうと口にはしたが、それでも最後まで見届けるのが一族の仕事だと考えた二人はここで待機していた。

「待っていてくれたのか」

「ありがとうございますっ！」

アタルとキャロは待っていてくれた二人の気持ちに感謝していた。

「いやいや、わしの、いやわしらの一族の仕事が終わるとなれば、ただ家で待つのはどうにも落ち着かないのでな。結局ああは言ったがここで待たせてもらったよ」

「俺も！」

カイレルとミクレルは、これまでの先祖の分も合わせて、最後まで見届けたいと考えていた。

「なんにせよ疲《つか》れただろう。わしのうちで少し休憩《きゅうけい》してから山に向かうといい」

「行こう！」

守り人二人はアタルたちの疲労を感じ取っており、少しでも休んでから山に向かったほうがいいと提案してくれた。

「それじゃあ、お言葉に甘《あま》えるとしようか」

「はいっ！」

『ガウッ！』

『ピー』

四人とも地下深くに潜ったことと、力試《ちからだめ》しで多少なりとも疲労しており、休憩できる場所があるのはありがたかった。

家に戻るとそこにはアタルたちの馬車が置かれていた。

「あぁ、昨日の夜ちょろっと話に聞いていたから俺が連れてきたんだよ。最初は馬の抵抗《ていこう》が酷《ひど》かったけど、俺の服に少しだけみんなの匂《にお》いが残っていたらしくて、それを嗅《か》いでからはすんなりと来てくれたよ」

「それは助かった、ミクレルありがとう」

これにもアタルは感謝していた。

アタルたちと旅をする馬はなかなか頭のいい馬であるため、多少のことがあっても賢《かしこ》く立ち回り、死ぬようなことはないかもしれないが、それでも怪我《けが》をすることもトラブルに巻き込まれる可能性も十分ある。

それゆえにミクレルが連れてきてくれたことはありがたかった。

「いいってことさ。それより早く中に入って休もうよ！」

ミクレルは照《て》れ隠《かく》しなのかそそくさと家の中に入っていった。

いよいよ青龍《せいりゅう》と対面することを考えると、余計な体力は使わないようにと、ほとんど会話はなく休憩が行われていた。

「――キャロ、少しいいか？」

ただ、アタルは一つ話をしておかないといけないと考えていた。

「は、はいっ。なんでしょうか？」

アタルが真剣な表情で目を見つめながら話しかけてきたため、動揺《どうよう》と恥《は》ずかしさから、ビックリして、慌《あわ》ててしまう。

「これから戦う青龍は恐《おそ》らくかなり強い。俺たちが戦ってきた神や魔物の中でもダントツだろう」

これはアタルがずっと感じていたことだった。

山を魔眼で見た時に、何かわからないが奥底《おくそこ》に強大と言っていいほどの強い力が眠《ねむ》っているのを感じていたためである。

「はい……頑張《がんば》りますっ！」

キャロは両手で握《にぎ》り拳《こぶし》を作って、決意を新たにしている。

「あぁ、頑張るのは俺もバルもイフリアもそうなんだが……キャロは獣人《じゅうじん》だ」

当たり前のことをアタルが口にしたため、キャロは意図がわからずに、戸惑《とまど》いながらもただコクリと頷《うなず》く。

「獣人の中には特別な力が眠っている。それを獣力と言うらしい」

「……じゅう、りょく、ですか？」

初耳である言葉をキャロは繰り返す。

「そう、獣力だ。だが、それを引き出せるやつはほとんどいないらしい。一部の獣人だけがその力を使って戦うことができて、その力は獣人の力を大きく引き上げてくれるらしいんだ」

そんな力が自分の中にあるのかと、キャロは指を閉じたり開いたりしながらその手を見ていた。

「そして、その力を引き出すことができた人物がいる――キャロの父親だ」

「えっ！」

手を見つめていたキャロが、バッと顔を上げた。

「そうだ、お前の父さんは獣力を使うことができた。その娘《むすめ》であるキャロであれば使いこなすことができるはずだと、レグルスが言っていた。俺もそう思う。キャロと俺はここまで一緒《いっしょ》に旅をしてきた。そしてキャロの力、成長を見てきた。だから、お前ならきっと獣力を使うことができるはずだ」

アタルが認めてくれている。そのことがキャロの身体に電撃《でんげき》を走らせた。

「はい……はいっ！　きっと使いこなしてみせますっ！」

新しい力の可能性。アタルからの期待。叔父《おじ》からの思い。

そして、父から受《う》け継《つ》いだ力。

今はどんなものかはわからないが、それらが自分の自信になっていくのをキャロは感じていた。

第四話　青龍

休憩の最後に身体《からだ》の温まるスープを飲んでからいよいよアタルたちは永久氷壁へと向かうこととなる。

いよいよということで守り人の二人も同行している。

姿を消してはいるが神二人も同行しており、ミクレルが火の守りを持ってきているため、魔物と出くわすことなく永久氷壁までたどり着くことができた。

そこで神たちが姿を現す。

『さあ、いよいよ永久氷壁に到着だ』

『さあ、いよいよ永久氷壁の解除だ』

そう言うと二柱は守り人二人の前へと移動する。

口をはさむことはなかったが、守り人の二人は驚《おどろ》きで口を開いたまま二柱を見ている。

『ここからは少し真面目《まじめ》にいこうか。君たち守り人の一族には僕たちの都合で、とんでもなく迷惑《めいわく》をかけたと思う。何せ一生を守り人という仕事に捧《ささ》げてきたわけだからね。本当に感謝しているよ』

風の神が頭を下げる。

『僕はそういう言葉は苦手だからこれをあげるよ』

土の神からは数百年前の大きな宝石の塊《かたまり》が手渡《てわた》される。

「お、お言葉だけでもありがたいというのに、このようなものまで！　ありがとうございます！」

「神様、ありがとうございます！」

二人は代々神に仕えている者であり、その神から直接言葉と褒美《ほうび》をもらえるのは至上の喜びでもあった。

『君たちの祖先にも感謝の気持ちを伝えられるといいのだけれど、今は君たちだけで勘弁《かんべん》してくれ』

『そうそう、その宝石だと大きくて売れないと困るから小さいのもあげとくね』

二人は彼ら《かれ》への強い感謝の気持ちを持っており、言葉を重ね、更《さら》にお礼の宝石を追加していく。

守り人二人も神に伝えたい思いがあったため、そこからしばらく話は続いていった。

その間の神たちの表情は我が子《わこ》を見るような慈愛《じあい》の籠《こも》ったものだった。

『君たちとずっと話していたいけど、僕たちの役目を果たさないとだね』

『君たちとずっと話していたいけど、仲間が待っているからね』

そう言うと、二柱は話を切り上げて永久氷壁の前に移動し、右手を前に出してゆっくりと永久氷壁に触《ふ》れていく。

「……これはすごいな」

他の者にはわからなかったが、アタルの魔眼にはこれまでの歴代の守り人の姿が映っていた。

実体はなく、幽霊《ゆうれい》のように身体が透《す》けてはいるが、男性、女性、大人、子供、大柄《おおがら》、小柄、様々な守り人がこれから起こる結末を見守っている。

『行くよ。風の神の名において、永久氷壁の解除を命じる』

『行くよ。土の神の名において、永久氷壁の解除を命じる』

二柱がそう口にすると、それに続く声が聞こえてきた。

『遅《おそ》い遅い！　どれだけ待たせるんだ！』

『風と土よ、久しぶりだな』

火の神は待たされたことにやや怒《おこ》っており、水の神は落ち着いた様子で二柱との再会を喜んでいた。

彼らは風の神、土の神と同じ姿をしており、それぞれ火の神は赤、水の神は水色が基調となっている。

『待たせて悪いね。あいつをなんとかできそうな人を連れて来たよ』

『僕らがボッコボコにやられたくらいだからね！』

風と土がアタルたちのことを紹介《しょうかい》する。

『お前たちが弱くなったんじゃないのか？』

『いや、彼らからは強い力を感じるよ』

からかうような口調の火の神、アタルたちを見て力を見抜《みぬ》く水の神。

まるで同級生と久しぶりに会ったかのような気楽な様子で四柱は話している。

『さて、雑談も楽しいけど、僕たちのお役目を果たそうか』

風の神が言うと、残りの三柱も頷く。

『始めよう』

水の神の言葉を合図に、封印解除の儀式《ぎしき》が始まっていく。

氷の中にいる火と水の神も内側から氷に手を当てる。

外の風の右手、内の火の左手。外の土の左手、内の水の右手。

それぞれの手が合わさり、隣《とな》り合《あ》った神たちも手を合わせ、四角を形作る。

神たちの身体が光を放ち、同時に永久氷壁も全体が強い光を放った。

「まぶしっ！」

魔眼で状況《じょうきょう》を追っていたアタルだったが、あまりの強い光に思わず目を閉じてしまう。

それはキャロもバルキアスもイフリアも、守り人の二人も同じだった。

それからしばらくして光が徐々《じょじょ》におさまっていき、アタルたちもなんとか目を開いていく。

『君たちのおかげで僕《ぼく》たちも天に帰ることができるよ』

そこには風も土も火も水も、どの神もいなくなっており、四柱が混じったことで新たに生まれた大きな神がただ一柱存在する。

複雑に四色が絡《から》み合ったオーラとともに神々《こうごう》しさを感じる子どもがそこにはいた。

『我々は本来、一つの神だが、永久氷壁を維持《いじ》するためには外と中にいる必要があった。しかし、これで全ての仕事は終わる』

神の視線を追うと、既《すで》に永久氷壁は消えている。

『あの永久氷壁は火と水の神の身体を使って作られ、その力を維持するために風と土が外にいた。その僕たちが元の姿に融合《ゆうごう》したら氷壁が消えるのも道理というもの』

山をぐるっと一周していた永久氷壁は姿を消し、その奥《おく》に大きな洞窟《どうくつ》があるのが見える。

そこから強い魔力が漂《ただよ》ってくるのをアタルたちは感じ取っていた。

『驚いているのか……？　だがこれだけでは終わらぬ。次は山に与えていた影響《えいきょう》も消えていくだろう』

この北の山は永久氷壁があることで雪山となっていた。

しかし、それがなくなったことで全てが解放される。

永久氷壁を起点として波紋《はもん》のように雲が消えて空が晴《は》れ渡《わた》り、山に積もっていた雪が全て消える。

それと同時に山にいた雪と氷の魔物たちも全てが姿を消した。

「わあっ、すっごく綺麗《きれい》ですっ！」

太陽に照らされ、更に気温が上がっていくと、雪の下に眠っていた緑が目覚めの時を迎《むか》えたように生《お》い茂《しげ》り、花々が生気を取《と》り戻していく。

一瞬のうちに風景が変わるその様子は幻想的《げんそうてき》であり、キャロは感動していた。

「確かにこれは見事だな。ビデオカメラでもあれば記録に残しておきたいものだ」

アタルもこれほどの光景は実体験で見たことがないのはもちろん、テレビなどの映像でも見たことがなく、変化していく風景に感動している。

花より団子のバルキアスとイフリアですらも、この光景には目を大きく見開いて驚いていた。

『雪も魔物も寒さも植物の目覚めの阻害《そがい》も全て永久氷壁のせい。これからはこの山にもたくさんの生き物が戻ってきて、様々な植物が芽吹《めぶ》いていくはずだ』

そう説明する神の身体は徐々に薄くなっていく。

「薄くなっていますぞ！」

慌《あわ》てたカイレルが思わず声を荒《あら》らげる。

元の姿に戻ったのであれば力も強くなり、この世界を守ってくれるものだと思っていた。

この先も信仰《しんこう》していけるのだと。

『永久氷壁を作るのと維持でほとんどの力を使い果たしたのだ。最後に元の状態に戻す力が残っていてよかった……アタルといったか。最後にこれを授《さず》けよう』

「──玉？」

赤、青、黄、緑の四色の野球ボールサイズの玉がアタルの目の前に現れ、くるくると回転している。

『これには我らの力が込められている。何かに使える……かどうかはわからないが、それが君たちの役にたつことを願おう。もう時間だ、さらばだ……』

そう言うと、スーッと神は姿を消した。

以前のような力の温存のためではなく、存在そのものがこの世界から消えていた。

あまりの衝撃《しょうげき》に守り人二人は膝《ひざ》をついて先ほどまで神がいた場所を見つめている。

「……カイレル、ミクレル。お前たちは長年の一族の役目を果たした。そのことをあいつらは感謝していた。やりきったんだ、ここからは自由なんだ。神たちはお前たちが決められた仕事に縛《しば》られないことを望んでいるはずだ。神への思いはあってもいい、だけど立ち上がって前を向け。次の道に向かって歩くんだ」

決して声を荒らげることなく、ただ静かに、それでいて力強い声音《こわね》でアタルは守り人二人を叱咤《しった》激励《げきれい》する。

「カイレル、ミクレルの未来は広がっている。様々な可能性を持っている。その可能性を一つでも多く掴《つか》めるように尽力《じんりょく》するのがお前の役目なんじゃないのか？」

アタルの言葉に促《うなが》されるように、カイレルはゆっくりとミクレルの顔を見る。

ミクレル自身、これまで守り人を継ぐと思っていた。

それがなくなったいま、目の前の道を断《た》たれたかのようでもあり、希望以上に不安が襲《おそ》いかかっている。

「……ミクレル。大丈夫じゃ。祖父《じい》ちゃんがついておる。一緒に何ができるのか、何をやりたいのかを探していくんじゃ」

「……祖父ちゃん。うん！　祖父ちゃんには俺がついていないとだしな！　俺も一緒にいてやるよ！」

「なにを！　一緒にいてやるのはこっちのほうじゃ！」

二人の顔からは喪失感《そうしつかん》や悲しみが消えて、未来へ向かう明るい表情になっていた。

アタルはその様子を見て笑顔《えがお》になる。

属性神たちはこの世界を守ろうと頑張っていた。

その彼らが最後までカイレルとミクレルのことを気にかけていた。

そして、アタルは双方《そうほう》に世話になっている。

ならば、たまにはあんな風に言葉をかけるのもいいんじゃないかと考え、自分らしくないかもしれないが少し熱い言葉をかけていた。

「さて、俺たちは本来の目的を果たしに行ってくる」

「色々とありがとうございました。また会えるといいですねっ！」

『ガウガウ！』

『ピピー！』

別れの挨拶《あいさつ》をして、アタルたちは洞窟の中へと向かって行く。

カイレルとミクレルはここから先には、一緒に行けないことをわかっている。

特別魔力感知能力が高くない二人でも洞窟の中から感じる魔力が強力だということはわかっていた。

「みんな無事で帰ってくるんじゃぞ！」

「元気でね！」

二人はアタルたちの背中を見送ると、久しぶりの暖かさに上着を脱《ぬ》いで、景色を楽しみながら下山していった。

「……みんな、わかるか？」

アタルの問いかけに三人が頷く。

一歩一歩進んでいくごとに、奥から感じる圧が強くなっていく。

その圧は玄武《げんぶ》や白虎《びゃっこ》のものと似ているため、奥に青龍が確実にいることがわかる。

そして似ているが、前の二柱よりも圧倒的《あっとうてき》に強い力を秘《ひ》めているようだった。

「これはあの神たちが言っていたのもあながち間違《まちが》っていないな」

神も玄武や白虎のことは不完全で力が足りないと言っていた。

それほどの差はないかと思っていたが、今となってはあの言葉が本当だったのだと感じていた。

そのまま進んでいくと巨大な扉《とびら》が現れる。

これも封印《ふういん》の力が込められているが、永久氷壁に比べれば弱く、イフリアが大きくなって思い切り殴《なぐ》りつけることで扉が破られた。

「ふう、まだまだか」

その先には階段があり、そこを下っていく形となる。

そこから二十分ほど下ったところで大きく広い部屋に到着《とうちゃく》する。

風の神、土の神がいた場所よりも広い。

反対の端《はし》が見えないほどの広大な空間がそこには存在していた。

そこには多くの武器や防具が山になっていた。

これは青龍が封じられる前に戦いを挑《いど》んだ戦士たちのものであり、しかしながらこのエリアが封印されていたことで劣化《れっか》することなく状態は保たれている。

「これはすごいな。強そうな武器がゴロゴロしているぞ……」

先頭を行くアタルがあたりを見回しながら進んでいると、イフリアがアタルの襟元《えりもと》を銜《くわ》えて後ろに引っ張った。

先ほどまでアタルがいた場所を大きな何かが通り過ぎた。

「うおっと。イフリア助かった」

間一髪《かんいっぱつ》のところでアタルにぶつからなかった攻撃は、青龍の長い尻尾《しっぽ》だった。

『ほう、それを避《よ》けるか……それで、貴様たちは何者だ？』

こちらの世界の竜種《りゅうしゅ》――いわゆるドラゴンタイプとは異なり、和竜タイプの細長い身体をした青い竜がそこにはいた。

「いきなり攻撃とはとんだご挨拶だな。青い鱗《うろこ》で長い身体を持つ竜。やはり青龍か……東の方角を司《つかさど》って、属性は木だったかな」

『ふむ、そこまで知っているとは……お主、別の世界からやってきたな？』

アタルの言葉を聞いて、青龍は彼が異世界人であることを指摘《してき》する。

「なっ!?」

アタルは思わぬ指摘に驚愕していた。

彼が転生者であることを誰《だれ》かに指摘されたことはこれまでの長い旅において、一度としてなかった。

知っている者といえば、創造神一柱だけである。

それゆえに、初めてアタルが転生者であることに触れられたことは、彼にとって衝撃的《しょうげきてき》なことだった。

『その反応をするということはやはり合っているようだな。恐らく創造神の手によってこちらの世界に送り込まれたのだろう。何か使命を帯びて私のところにやってきたというところだろうな』

アタルが何者なのか、なぜここにいるのか青龍は予想を口にしていく。

「……あの爺《じい》さんがあんたの言う創造神なのかは知らないが俺に武器をくれてこっちに転生させてくれたのは確かに神だな。だが、使命を帯びてという部分だけは違《ちが》う。好きに生きてくれと言われている。今はなりゆきで強いやつら、四神や宝石竜、そして魔族《まぞく》と関《かか》わったことでここに来ることにはなったが、それはあくまでも俺自身の意思であって、爺さんは俺の考えに介入《かいにゅう》していない……多少の説明くらいは受けたけどな」

神の空間で四神のことや、宝石竜の話を聞いていたことを思い出したアタルは、最後に言葉を付け加える。

『くくっ、あの神を爺さん呼ばわりか。なかなか豪胆《ごうたん》な人間だな』

アタルが神のことを爺さんと言ったため、青龍は笑いがこみあげてくる。

「そんなことよりあんたはかなり強いな。玄武よりも力強さを感じる。それに、白虎よりも内に秘めた力が濃《こ》い……」

今は対峙《たいじ》していても、ただ話をしている段階だったが、青龍の奥底からは強大な力が感じられる。

『私の記憶《きおく》では白虎はこちらの世界での戦いでかなり力が弱まっていた。そして、玄武は我々四神の中で最弱だ』

「ぷっ」

アタルから奇妙《きみよう》な声が聞こえたため、全員の視線が彼に集まる。

「ははははははっ！　四神最弱って！　四天王最弱かよ！」

思わぬところで懐《なつ》かしいセリフを、しかも素で言っている相手に出会ったため、またもやアタルは思わず吹《ふ》き出《だ》してツボに入ってしまう。

そのままアタルは笑い転げるが、他の面々はどこが笑いのポイントなのかわからないため、キョトンとしていた。

数分後、アタルはなんとか落ち着きを取り戻す。

『話を続けてもいいか？』

青龍は律義《りちぎ》にもアタルが笑い終えるまで待ってくれていた。

最初は青龍もピリピリとしていたが、アタルが爆笑《ばくしよう》したため、空気が弛緩《しかん》し、まったりとした空気に変化している。

「ア、アタル様。急に笑い出すからちょっとドキドキしましたっ！」

強者を前にして、相手の発言を聞いて笑い出すというとんでもない反応を示したことに、キャロは青龍が怒り出すのではないかとハラハラしていた。

「悪い悪い。にしても、玄武はとにかく暴れまわっていたし、白虎も正気じゃなかったからやっと話せる四神に会えてよかったよ」

『ふむ、私も誰かと話をするのは数百年ぶりのことだ。私も少しお主らとの会話を楽しむとしようではないか……そうだな、まずは玄武と白虎、あいつらとの戦いについて話してくれまいか？』

最弱だなんだとはいったものの、ともに四神と呼ばれる立場の二柱のことを青龍は気にかけていた。

「わかった。まずは玄武から話そう」

エルフの国の森で玄武が目覚めて暴れていたこと。

被害《ひがい》が広がらないようにアタルたちが戦ったこと。

硬《かた》い玄武の身体の中でもなるべく柔《やわ》らかい場所を狙ったこと。

何発も弾丸《だんがん》を撃《う》ち込んで内側から破壊したこと。

そして、倒した際に力を与えてくれたことを話す。

『なるほど、自我《じが》のないあいつを倒したのか。確かに実力では私より劣《おと》るものの硬さでは一番だったな。それを倒したとなればお主たちの実力も相当なのだろうな。そして、それを認めたからこそ力を貸したのだろう。ただ暴れるだけだった玄武が最後に力を託《たく》せたのであれば本望《ほんもう》だろう』

玄武の最期は、青龍にとって満足するものだった。

「それじゃあ、次は白虎との戦いの話だ」

アタルはそのまま白虎との戦いについて説明する。

白虎は身体を失って魂《たましい》だけの存在になっていた。

それと同時に憎《にく》しみに囚《とら》われていた。

湖に行くと玄武の力に反応して、目覚めた。

そして、身体がないことを解決するためにバルキアスの身体を乗っ取って戦うことになった。

仲間の身体を使われたことで、戸惑いと怒りを覚えたが、なんとか光の力を使って魂を浄化《じょうか》することに成功した。

そして、詫《わ》びの意味も含《ふく》めて白虎の力の一部がバルキアスの身体の中に残っている。

『堕《お》ちた神であるがゆえに憎しみに心を支配されてしまったのだろうな……あやつの魂を憎しみから解放してくれたこと、感謝する』

同じ立場の神であった白虎が無事に天に帰れたことは、青龍にとっても心が軽くなることだった。

『あやつらの最期を教えてくれたことを感謝し、お主らの質問に答えることにしよう。私に答えられることであればなんでも教えよう』

アタルたちの話を聞いた青龍は機嫌がよくなっているらしく、大盤振《おおばんぶ》る舞《ま》いするつもりのようだった。

「それならお言葉に甘えて聞かせてもらおう。そもそも四神とはどういう存在なんだ？」

この質問への回答は以前も聞いたことがあったが、それを四神の口から聞きたかった。

『ふむ、我々が何者なのか、か。我々はお主が知っているとおり、四方を司る神だ。どこの世界の神なのかは今となってはわからなくなっている。我々はどちらかといえば魔物《まもの》に近い存在の神であるため、他の神と比較《ひかく》して低い立場にあった』

神とは一律で高位の存在であるとアタルたちは思っていたため、そこに序列があるとは思っていなかった。

『そこを邪神《じゃしん》が言葉巧《たく》みにそそのかしたのだ。私や他の四神もそれに乗って創造神に反旗を翻《ひるがえ》すこととなった』

「反旗を翻すって、具体的にはどんなことをしたんだ？」

神同士の争いと言われてもイメージがわかないための質問である。

そして、そそのかされた彼ら四神が何をしたのか？　そのことに興味があった。

『邪神には目的があった。この世界に住む人類を種族問わず滅《ほろ》ぼそうとしたのだ。人がいるからこそ大地が疲弊《ひへい》するとな。実際には自分の物だと思っていた大地を我《わ》が物顔《ものがお》で生きている人類に苛立《いらだ》っていただけなのだ。だから……我々邪神側の神々は地上にいる人類を滅ぼそうと戦った。更に人類は創造神が生み出したがゆえに、我々の矛先《ほこさき》は人類だけでなく創造神にも向いていた』

邪神という名だけあり、邪《よこしま》な思いから創造神と対立している。

『対して創造神についた神は、人類も世界の一部だと主張していた。私をここに封印した属性神も創造神側の神だ。私をはじめとする四神が今もこの世界にいて、属性神もいたのであろう？　そのことが何を意味するかわかるか？』

そう質問されたアタルは、問いかけられた理由に思い当たり、天を仰《あお》ぐ。

「まじか……」

思わずそんな言葉が口から洩《も》れる。

「そんな……」

キャロも同じ答えにたどり着いている。

アタルたちは神の力を得るために、四神と会うことを余儀《よぎ》なくされている。

それは、今後戦う可能性の高い宝石竜対策であった。

しかし、青龍の話を総合すると、この世界にはそれ以上に危険な存在である邪神もいるということである。

加えると、邪神がいて四神がいるということは、他の邪神側の神もいるであろうことは想像に難《かた》くない。

「……邪神とはどう戦えばいい？」

『ふむ、アレと戦うつもりか。もし邪神と戦うのであれば、やはり神と同等の力を持っていることが大前提になる。お主たちが持っている玄武や白虎のような力が、な』

それを聞いて尚更《なおさら》、青龍の力を得る必要があった。

「だったら、俺《おれ》たちに力を貸してほしい。これまで話していて、あんたが今は邪神側についていないというのがわかる。それに、これだけ色々と話せる相手と戦いたくないという気持ちもある。だから、ただ力を貸してほしい。そして、俺たちのことは見送ってくれると助かる。都合のいいことを言っているのはわかっているが、協力してほしいんだ……」

話していて青龍からはこれまでにはない理性と知性が感じられた。

だからこそ傷つけたくない、戦いたくない、そんな気持ちがアタルにこの提案をさせていた。

『なるほど。それならば力を貸そう、と言いたいところだが……無理なようだ』

少し考えた様子の青龍はアタルの言葉に頷いたと思ったが、すぐに首を横に振《ふ》る。

「なぜだ？」

青龍にはアタルたちと敵対する理由がない。

それなのに、なぜ無理だと言うのか？　その理由を青龍が語る。

『お主たち人類は人類であり、どこまでいっても創造神側。敵対すべき存在であるため、戦いは避《さ》けられない』

「何を……」

言っているんだ？　と言おうとしたアタルだったが、青龍の目の色が徐々に変わっていることに気づく。

『話しているのが楽しかったのでな、なんとか抗《あらが》ってみたのだが……。もうそろそろ時間切れのようだ。私の意識はこの身体の中にある邪神の力に乗っ取られる。続きを聞きたければ、私を倒《たお》すよう、に……』

言葉が途《と》切《ぎ》れるのと同時に、青龍の目が完全に赤黒く変化する。

その目には先ほどまで感じられた理性も知性もない。

アタルの言葉がもうこれ以上届くことはないとその場にいる者に思わせた。

「戦うしかないのか……くそっ、みんな戦闘《せんとう》態勢に入れ！」

「はいっ！」

『うん！』

『承知した』

『GURAAAAAAAAAA』

アタルたちが移動を開始しようとする一瞬《いっしゅん》、そこの隙《すき》をついて青龍が長い尻尾を振り回《まわ》してアタルたちに攻撃《こうげき》をする。

キャロとバルキアスは跳躍《ちょうやく》して尻尾を飛《と》び越《こ》え、イフリアは空に飛びあがる。

アタルは後方に跳《と》んで、更に爆発《ばくはつ》の魔《ま》法弾《ほうだん》を数発発射して、そのまま距離《きょり》を取った。

爆発魔法で距離を取ることで、爆風による煙《けむり》に紛《まぎ》れて青龍の視界から隠れる効果も狙《ねら》っていた。

アタルは山になっている装備の陰《かげ》に隠れながら移動して、いくつかの弾丸を発射しながらも、青龍に大きな隙ができるのを狙っている。

キャロは正面から向かっていく。

その後ろをイフリアが巨大《きょだい》サイズになってついていき、そのまま追《お》い越していった。

バルキアスはアタルとはまた別の死角から攻《せ》めようと大回りで移動している。

『ぬおおおおおおお！』

サイズで渡り合えるイフリアがそのまま青龍に掴《つか》みかかる。

力で抑《おさ》え込むことで、相手の動きを阻害して、他の面々が戦いやすい状況を作り出していた。

『ぐ、ぐむむ、これはなかなか』

理性を失っている青龍は力に制限がかかっておらず、文字通り力任せに全力で振りほどこうとする。

イフリアも同じように全力を出せればいいのだが、理性があり、リミッターがかかっている状況ではそれも難しい。

もし、力を出せたとしてもがむしゃらな動きは仲間に被害を与《あた》えてしまうかもしれない。

この状況において仲間がこの場にいるということは、ある種イフリアの弱みになってしまっている。

しかし、当然ながら仲間がいるということは同時に強みにもなっている。

もし、イフリアが攻撃できず、倒せなくても、別の者がそれを担当すればいいだけのことだからだ。

『アオオオオオオオン！』

イフリアが青龍の動きを止めた一瞬の隙をついて、バルキアスが声をあげながら青龍の身体へと体当たりをする。

魔力《まりよく》が込められたその一撃《いちげき》は、まるで投擲《とうてき》された槍《やり》であるかのような勢いをもって青《せい》龍《りゆう》の横っ腹へと思い切り突《つ》き刺《さ》さる。

『GUOOOOOO!』

青龍は思わず苦しみもがき、声をあげてしまう。

バルキアスの攻撃が命中したのを確認《かくにん》したキャロはイフリアの足元を抜《ぬ》けて、そのまま腹に斬《き》りつける。

一撃、二撃、三撃、四撃、五撃、六撃。

キャロは一瞬のうちにそれだけの数の攻撃を繰《く》り出した。

『GYAAAAA!』

素早《すばや》い連続攻撃、しかも一撃一撃の威力《いりよく》が高いため、これはたまらんと青龍は大きな声をあげて苦しんでいる。

『くらええええええ!』

その青龍の顔に向かってイフリアの拳《こぶし》が撃ち込まれ、そのまま後方へと吹き飛ばされた。

そして、三人の視線が後方にいるはずのアタルへと集まった。

ライフルの銃口《じゆうこう》から煙が出ている。

つまり、今の一連の攻防《こうぼう》でアタルは弾丸を発射していた。

「やっぱりですっ！」

『なんかすごく調子よかった』

『最初は押《お》されていたのに対抗《たいこう》できたな』

三人の力を引き出すために、アタルは身体強化弾《だん》を撃ち込んでいた。

そのことによって、今の攻撃でいつも以上のポテンシャルを発揮することができていた。

「だが、まだみたいだぞ」

青龍は身体を起こして、赤黒く輝《かがや》く目が再びアタルたちを見ていた……。

そこに聞き覚えのない声が聞こえてくる。

「――なんとまあ、情けないことだな。昔のお前はもっと強かったのではないか？　封印されたことで力が弱まるなどということがあるのか？」

冷ややかな呆《あき》れた雰囲気《ふんいき》をにじませた声だが、それはアタルたち四人でも、青龍でもない。

ここにいるはずのない誰かの声だった。

アタルたちがその声の主に視線を向ける。

その者は、一方的に押されていた青龍の様子を見てやれやれと首を横に振っていた。

まるで旧知であるかのような、本来の力を知っているかのような、そんな口ぶりで青龍のことを苦々しい顔をしながら見ている。

その人物はフードをかぶって顔を隠《かく》しており、カツカツと靴音《くつおと》を鳴らしてゆっくりと戦いの場へとやってくる。

先ほどの低い声と高い身長と体格から男だと思われる。

「……なんだ？」

アタルはいつでも攻撃に移れるようにと、ライフルの銃口を謎《なぞ》の男に向ける。

キャロも武器を構え、バルキアスは牙《きば》をむき出しに、イフリアも男を睨《にら》みつけていた。

「いやはや、まさか昔の同胞《どうほう》が復活したと感じてやってきてみたら、このような人類ごときに後《おく》れをとっているとは……。実に情けない！　獣《けもの》とはいえ、仮にも神なのであろう？　そうであるなら、こんな人類どもさっさと殺してしまえばいいであろう！」

男は青龍の前まで来ると苛立ちをあらわにして、語気を強めて叱責《しっせき》する。

『GA、GAAAAAAAA！』

一瞬《いっしゅん》気圧《けお》された青龍だったが、自分を愚弄《ぐろう》する言葉だと気づくと、苛立ちからすぐに動き出し、男へと牙をむいてそのまま噛《か》みつこうとした。

「ちっ、馬鹿者《ばかもの》が！」

舌打ち交じりに男は右手を前に出して魔力障壁《まりょくしょうへき》を展開して、青龍の動きを止める。

その衝突《しょうとつ》で発生した風が男の頭からフードを外す。

見た目は人族であり、黒髪《くろかみ》黒目という特徴《とくちょう》だけ見るとまるで地球の日本人のようである。

しかし、その色は黒よりも黒く暗い、まるで漆黒《しっこく》とでもいうような色をしていた。

『GA、GAGA、GAGAGAA……』

徐々に青龍の目の色が戻《もど》っていき、理性を取り戻していく。

『ダ、ダンザール……』

「ダンザール？」

名前を口にした青龍に対して、問いただすように苛立ちの籠《こも》った声で男が同じ言葉を繰り返《かえ》す。

『っ……様。ダンザール様』

その言葉に満足したのか、ニタリと笑《え》みを浮《う》かべたダンザールは右手をゆっくりと下ろしていく。

「そうだな。あぁ、それが正しい。お前たちのような、かろうじて神という地位にありつけた下等な神が私のことを呼び捨てなど、あってはならないことだ……さて、現状を説明してもらってもいいか？　お前は四神などという大層な呼ばれ方をしているにもかかわらず、よもやこのような最底辺の人類や獣ごときに押されているのではあるまいな？」

ダンザールは質問をするが、青龍は視線を逸《そ》らして答えられずにいる。

「……私の質問に答えられないというのか？」

その態度はより一層ダンザールの苛立ちを強くさせていた。

『そ、その、彼《かれ》らは他の四神の力をもっていて、ただの人類ではなく、その中でも力のある……』

「――黙《だま》れ」

『はっ？』

問いに答えようとしていたら、遮《さえぎ》るように鋭《するど》い言葉を浴びせられたため、青龍は思わず間抜《まぬ》けな声を出してしまう。

「黙れと言った。私が聞きたいのはあのような最底辺の者のことではない。なぜそのようなくだらないことを聞かされなければならない？　まさか、このような者たちに負けるなどとは言わんな？」

『い、いや、しかし……』

先ほどまで理性を失った状態であったとはいえ、アタルたちの力は身体《からだ》で感じ取っていた。かなりの強さを持っているにもかかわらず、まだ玄武と白虎の力を使ってはいない。

となれば、確実に勝てると言えないため、言葉に詰《つ》まってしまう。

「おい、貴様。誰にそれを向けているのかわかっているのか？」

アタルはダンザールと青龍が話をしている間も、ずっとダンザールに銃の狙いを定めていた。

「ダンザールさんだろ？　話を聞いている限り、神で青龍よりも格上なんだろうな。つまり邪神側の神であって俺たちの敵ということだ」

雰囲気や気配だけでもただものではなさそうなダンザールに、アタルは嫌《いや》な予感を覚えて狙いを外さずにいる。

「はあ……情けない。人類にこれほど舐《な》められるとはな……おい青龍。貴様、神だなどと驕《おご》るな。本来の獣としての力を呼び起こせ」

アタルには目もくれず、やれやれとため息交じりに肩《かた》を落としたダンザールは手のひらに赤い魔力玉を作り出し、それを青龍の口から飲み込ませる。

すると、青龍の目が先ほどよりも強く、燃え上がるように真っ赤になった。

それに合わせて黒いオーラが身体を覆《おお》っていく。

『GAAAAAAAAAAAAAAA!!』

次の瞬間《しゅんかん》、突然《とつぜん》あふれ出した力に苦しむような青龍の咆哮《ほうこう》が広場に響《ひび》き渡り、更《さら》にそのまま力を解き放たんとばかりにアタルへと噛みつこうと長い身体をくねらせて飛び出してきた。

鋭い牙がアタルへと迫《せま》る。

アタルは青龍のけたたましい咆哮に慌てて耳を塞《ふさ》いだため、避けることも迎撃《げいげき》も間に合わない。

「――させませんっ！」

その攻撃を受け止めたのは目の前に飛び出してきたキャロだった。

キャロは青龍が声をあげる予感がしたため、あらかじめ耳を後ろにペタリと倒して耳を塞いでいた。

両手が空いていたこと、そしていち早く音を遮断《しゃだん》したことで青龍の動きに反応し、攻撃を受け止めることができた。

その様子を見てダンザールは目を見開いて驚《おどろ》いている。

身体が小さく若い、腕《うで》も細いキャロが本来の力を呼び起こさせた青龍の攻撃を止めたことが信じられなかった。

受けることだけならできるのはわかる。

しかし、受け止めたことが信じられない。

「ふう、ふう……よかったっ！」

そんなキャロの身体を魔力とは別の青いオーラが包み込んでいた。

アタルが狙われていると感じた時、キャロは防がなければいけないという思いと同時に、防ぐことができないかもしれないという弱気も浮かんでいた。

だが、アタルの話も同時に思い出していた。

――『獣力』

自分の中にも秘められているかもしれない力の可能性。

アタルというキャロにとって、命よりも大事な人の命の危険。

守りたい、その強い思いが駆《か》け巡《めぐ》った瞬間、彼女《かのじょ》の心臓は一度強い鼓動《こどう》を打った。

それが獣力を使うことができるようになった合図だった。

緊急的《きんきゅうてき》な状況《じょうきょう》とアタルへの強い思いが彼女の力を引き出していた。

「やあああああああ！」

キャロはそのまま、青龍の牙を思い切り弾《はじ》き飛ばす。

しかし、青龍もなんとか踏《ふ》み留まり、少し頭が後ろに押されただけで耐《た》える。

キャロは再び牙で攻撃してくることを想定して、受け止めようと武器を構えた。

『GRAAAAA！』

しかし、青龍が選択《せんたく》した攻撃方法はこれまでに見たことのない、鱗を打ち出すというものだった。

「そんなもの！」

獣力を引き出したキャロは、見たことのない攻撃に怯《おび》え戸惑《とまど》うよりも先に身体が動いた。

両手の剣《けん》を使って鱗を次々に弾き飛ばしていく。

その数、十や二十ではきかず、百を超《こ》えている。

しかし、力だけでなく速度も上がっているキャロはその全《すべ》てを弾き飛ばしていく。

その間に青龍の叫《さけ》び声《ごえ》による耳の痛みから復活したバルキアスが動き始める。

先ほどと同じように青龍の死角へと移動して、そちらから体当たりをしようとしている。

だが、青龍も同じ攻撃をくらうつもりはなく、バルキアスにも鱗を打ち出して、その動きを止めていく。

『む、むうう』

避けることはできるが、勢いよく向かっていくのは難しく足を止められてしまう。

『GUAAAAAAA！』

動きを止めたバルキアスを青龍の尻尾が吹き飛ばす。

『うぐぐぐぐ』

白虎の力を発動していたため、致命傷《ちめいしょう》にはならずにすんだが、壁《かべ》に叩《たた》きつけられたバルキアスはその身にダメージを受けてしまう。

「バル君！」

そんなバルキアスを見てキャロが大きな声を出す。

『だ、大丈夫《だいじょうぶ》。そこまでダメージは大きくないから……』

「よかった……」

それを見たキャロはホッと安心する。

しかし、この戦いはまだまだ気が抜けない。四神の力を持っているとはいえ、相手はその四神のうちの一柱であり、これまでで最大の力を持っている。

一瞬の気のゆるみが命を危険にさらしてしまう。

「ふう、やっと俺の耳も治ってきたな。イフリア、お前は少し離《はな》れた場所で攻撃の準備をしておけ」

そう言うと、アタルは両手にハンドガンを握《にぎ》って歩き出す。

このままではキャロは防戦一方であり、バルキアスも押し込まれてしまう。

鱗の数が限界を迎《むか》えればなんとかなるかとも思っていたが、青龍の鱗はしばらくすると再生しており、元の状態に戻っていた。

「さあ……」

アタルは軽く身体を動かして、これから行う攻撃の準備運動をする。

「――いくぞ！」

そして、両の手に持ったハンドガンを構えて、次々に弾丸を発射していく。

四神である青龍の鱗ということもあって、壊《こわ》すことは難しい。

しかし、鱗の広い面を狙うことで弾き飛ばすことに成功していた。

今回使っている弾丸は通常弾だが、宙に浮いたコインの中心を容易《たやす》く打《う》ち抜けるアタルの銃《じゅう》の技術によって鱗にも的確に命中していた。

威力ではなく技術で鱗を防いでいた。

「ほらほら、いくぞ！」

弾丸を撃ち切るとすぐさまリロードして、次々に弾丸が発射されていく。

発射音が連続しているため、まるでマシンガンのようである。

一丁につき六発。それが二丁。

一度に連続して撃てるのは左右合わせて十二発だが、素早いリロードによって途切れることなく弾丸が鱗を吹き飛ばしていた。

それでも撃ち落《お》とす以上の数の鱗が新しく次々に生み出されていく。

「だったら、こっちだ！」

アタルはハンドガンを収納すると、ライフルに持《も》ち替《か》えた。

連射力では明らかにハンドガンに劣るライフル。

しかし、込める弾丸がこれまでと異なる。

一覧にあるのはかなり前から知っていた。

しかし、使いどころに困っていたこの弾丸がついに日の目を見る。

「いけ、いけ、いけ！」

発射された弾丸は飛んでいった先で分裂《ぶんれつ》し、それらが鱗を次々に撃ち落とす。

今回アタルが使用した弾丸はいわゆる散弾《さんだん》と呼ばれるもので、この場面においては有用な一手だった。

「アタル様、ありがとうございますっ！」

キャロはアタルに感謝すると素早く移動する。

同じ場所にいることで、鱗に狙われやすくなっている現状を打破するためだった。

「せい！」

強く踏《ふ》み込んで一撃。

「やあ！」

移動しながらの二撃目。

舞うような素早い動きでの連続攻撃は次々にダメージを与えていく。

痛みを感じている青龍は鱗を打ち出し続けてキャロを狙うが、弾丸で強化され、獣力を使っているキャロは、鱗が到着《とうちゃく》した時には既《すで》に次の場所へ移動している。

青龍からすればまるで瞬間移動したようであり、キャロの攻撃は確実にダメージを与えていた。

それでも鱗の強度は高く、決定打と言えるようなダメージは与えられていない。

攻撃にも使われている鱗を斬りつけてダメージを与えても、すぐに再生してしまうことが要因の一つだった。

キャロは一撃で鱗にダメージを与えるか、もしくは真っ二つにする。

だが反対の剣で攻撃をする時には既に復活していた。

「……くっ！」

攻撃力《こうげきりょく》も攻撃速度も上がっているキャロだったが、覚えたばかりの獣力を完全に使いこなせてはいないため、それも限界が見えてきている。

アタルは鱗《うろこ》の迎撃に手一杯《ていっぱい》で攻撃に移れない。

『GUOOOOOO！』

ここで青龍が大きく暴れる。

全てのリミッターが解除されて獣としての本能が解放された青龍の力は強く、大きく身体が動き、爪《つめ》がキャロをとらえて吹き飛ばし、その尻尾《しっぽ》がちょうど復活したバルキアスを狙っていく。

動きを止められる可能性があるとしたらイフリアだけだったが、今はアタルの指示で次の攻撃の準備をしている。

しかし、ここで攻勢に転じようとしたのはバルキアスだった。

尻尾に狙われたものの、それを受けるのでも防ぐのでもなく、脱力《だつりょく》して威力を受け流して尻尾に張りついていた。

しかし、青龍もさるもので、尻尾を急停止させてバルキアスを引き剥《は》がす。

『むううう！』

いい作戦だと思っていたのに、それをあっという間に防がれてしまったことにバルキアスは不満そうに唸《うな》りながら頬を膨《ふく》らませていた。

アタルたち全員が距離をとらされたところで青龍の魔力が一気に膨れ上《あ》がった。

『GRAAAAAAAAAA！』

口元に集まった強力な魔力が発射される。

野生を取《と》り戻した青龍の怖《こわ》いところは、ただ理性を失っただけでなく、本能で危険を感知して対応するところだった。

先ほどのバルキアスを引き剥がした動きもそれだった。

それは青い光の集合で、ビームになってアタルを狙う。

最も危険な相手が誰《だれ》なのか、このパーティの中心人物は誰なのか。

それを本能でわかっている青龍は狙いをアタルに絞《しぼ》った。

『させぬわあああああ！』

イフリアがアタルと青龍の間に入り込んで、ブレスを発射して青龍のビームに対抗する。

しかし、神が力を集中させた攻撃は威力が高く、徐々《じょじょ》に押し込まれていく。

『ぐ、ぐむむ、こ、これは……』

これ以上耐えるのは難しいが、それでもなんとか時間を作り出そうとイフリアは踏ん張《ば》っている。

「バル！」

この状況を打開するために、アタルがバルキアスに呼びかける。

『りょう、かい！』

また起き上がったバルキアスは何をすればいいのか察して動く。

速度をあげるために最大の力で地面を蹴《け》る。

そして、思い切り体当たりをかましていく。

ただし、その相手はイフリアだった。

『な、なにを⁉』

『ＧＲＲ？』

体当たりされたイフリアは驚き、戦っている青龍もバルキアスの行動に首を傾《かし》げる。

バルキアスは体当たりをすることで青龍のビームの範囲《はんい》からイフリアを移動させる。

強引《ごういん》なやり方ではあったが、緊急的な対応としては十分であり、それはこの場において虚《きょ》をつくことに成功していた。

「いまだ！　みんな動け！」

一瞬の困惑《こんわく》――それが青龍に隙を作ることとなる。

「せやあああ！」

ダメージから復帰したキャロが横から斬りつけていく。

まだダメージはあるものの、獣力を溢《あふ》れさせ、歯を食いしばって全力の攻撃を繰り出《だ》す。

『アオオオオン！』

そして着地したバルキアスは方向転換《てんかん》して、雄《お》たけびをあげながら白虎《びゃっこ》の力を発動して、分身体とともに青龍の頭をかちあげてのけ反らせる。

『GAAAA！』

叫び声とともに青龍はのけ反って腹ががら空きになる。

「バル君、ナイスですっ！　せいっ！　やあああああっ！」

キャロは更に攻撃を続け、腹のあたりの柔《やわ》らかい部分に斬りつけていく。

『GUOOOOOO！』

獣力によって強化されたキャロの攻撃は見事に青龍の腹を斬り裂《さ》いていく。

それも全力の一撃であるため、クロスした大きな傷を作り出し、青龍はそこから血を噴《ふ》き出している。

『喰《く》らええええ！』

イフリアはこのタイミングで、再度力をためたブレスを青龍に向かって放つ。

大きな青龍の身体をイフリアのブレスが飲み込んで、全身を炎《ほのお》で燃やしていく。

「これを喰らって眠《ねむ》っておけ」

とどめとばかりにアタルが一発弾丸《だんがん》を撃《う》ち込んだ。

『GA、GAGA……』

断末魔《だんまつま》のような声を出して、プスプスと煙をあげながら青龍は意識を失う。

まだ生きているが、起き上がるのは完全に無理であることがわかった。

「くだらん、あんな者たちに負けるなどと……神という名を与えられていることがありえないことだ」

「お前もな」

アタルは既に、ダンザールに狙いをつけていた。

もちろんイフリアも既にアタルの身体の中に入っており、力を融合《ゆうごう》している。

「なんだとっ！」

怒《いか》りの形相でアタルを睨みつける。

「死んどけ」

ここまでのダンザールの態度にアタルはイラついていた。

青龍に対しても、自分たちに対しても、明らかに見下し、舐めきっているダンザールに
この一撃を撃ち込むと強く意識する。

「スピリットバレット（玄《げん》）！」

名前を口にすると弾に乗って、アタルの力、イフリアの力、銃の力、そして玄武《げんぶ》の力がダンザールへと発射された。

「人ごときの攻撃など！」

ダンザールには神としてのプライドがある。

青龍ごときに勝ったところで自分にまで勝てると安易に考えるアタルに苛立っている。

ここまで何度も人ごときに苛立たされていることは、ダンザールにとってありえないことだった。

アタルの攻撃に対して、ダンザールは右手で撃ち落とそうとする。

その手には強力な魔力が込められている。

神が使う魔力は、人間が持ちうる魔力をはるかに凌駕《りょうが》している。

あっさりと弾き飛ばすつもりのダンザールだったが、結果は異なる。

「な、なんだと……」

ダンザールの右手は弾丸によってボロボロになり、血が噴き出し、そのダメージは身体にまで及《およ》んでいる。

「せいやあああ！」

そこに獣力をまとったキャロがダンザールの右腕《みぎうで》に斬りつけて、手首のあたりから斬り落とした。

「ぐああああああ！」

さすがに手首の先を失ったダンザールは叫び声をあげる。

「さすがに一発で倒すのは無理か……」

これで倒すことができれば簡単に済んでよかったが、神の身体は頑丈《がんじょう》で、魔力による防《ぼう》御《ぎょ》もしているため、強力な敵を倒してきたスピリットバレットでも倒しきれなかった。

キャロが追撃《ついげき》をしてくれたことで強力なダメージを与えることができたが、倒しきることは難しい。

「ぐ、ぐぬぬ、このくそ虫どもがああああああ！」

ダンザールは動く左手を前に出して攻撃を発動しようとする。

「……あぁ、わかった……ちっ、貴様ら今回は見逃《みのが》してやる。だが、次に会った時はその身体をチリも残らないほどに消し潰《つぶ》してやるからな！」

誰かからの声を聞き取った様子のダンザールはなんとかこみあげる苛立《いらだ》ちを抑えるように舌打ちをすると、怒り、憎《にく》しみなどの負の感情のこもった目でアタルを睨みつけ、背を向ける。

「今死んどけ」

このまま行かせるつもりはなく、とにかく動きを止めようとアタルは通常弾をダンザールへと放つ。

しかし、弾丸が命中するよりも先にダンザールが姿を消した。

アタルたちはしばらくの間、ダンザールがいた場所を見ていたが、完全に気配が消えたため、肩に入っていた力が抜ける。

「はあ、とんでもないやつがいたもんだな。不意をつけたし、こっちを舐めてくれたからあれだけのダメージを与えられたが、次はああはいかないだろうな」

神としての魔力はアタルの魔眼にとんでもない密度で映っていた。

最強の攻撃をしたおかげで傷をつけることに成功したが、そうでなければ簡単に防がれていたと、アタルは判断していた。

「でも、なんとか撃退《げきたい》できましたねっ！　四神さんの力があれば、神様とも戦えますっ！」

アタルが攻撃しやすい状況を作り出すことでキャロでもダメージを与えることができる。

更に自分自身も新しい力を使うことができたため、使えば使うほどに身体に馴染《なじ》んでいくことも感じていた。

「あぁ、それには……」

四人の視線が青龍に集まる。

イフリアのブレスによって黒焦《くろこ》げになっている青龍の近くにアタルは近寄っていく。

「そろそろ起きていいぞ」

声をかけるが反応がない。

「起きろって！」

アタルは青龍の腹の、キャロが傷をつけた部分を蹴り飛ばす。

『……いったあああああああっ！』

青龍は痛みで声をあげて飛び上がった。

「えっ!?　青龍さん元気なんですか？」

飛び上がったあと、転げまわる青龍を見てキャロは驚いていた。

バルキアスとイフリアも青龍が完全に気絶、もしくは死んだと思っていたため、驚きを隠せない。

「バルが白虎の力で攻撃しただろ？」

アタルの言葉にバルキアスが頷《うなず》く。

「キャロが獣力で斬りつけただろ？」

「は、はいっ」

今度はキャロが返事をする。

「それで、その次にイフリアがブレスを放って黒焦げに燃やした」

『うむ、そうだな』

アタルは青龍が倒《たお》れるまでの流れをおさらいしていく。

「いや、ぶっちゃけさ。普《ふ》通《つう》の状態の青龍だって玄武や白虎よりも強いはずなのに、あのダンザールってやつに強化されて、狂化された青龍があれくらいの攻撃《こうげき》でやられるはずがないだろ」

そう言われて、キャロたちは確かにそのとおりだ、と頷いている。

「でもって、最後に俺《おれ》が撃ち込んだ弾丸は浄化《じょうか》の魔《ま》法弾《ほうだん》なんだよ」

それを聞いてキャロたちは首を傾げる。

「いやさ、あのダンザールってやつは青龍に禍々《まがまが》しい力を飲み込ませて戦わせていただろ？　最初の時もそうだけど理性を失っていて、明らかに普通じゃない状態だった。そこで、あの力を浄化することができればもとに戻るんじゃないかって思ったんだ」

その結果がこれだ、とアタルが青龍を指さす。

『……そのようなことができるのであれば、最初からすればよかったのではないのか？』

ボロボロになっている青龍がアタルに不満を漏《も》らす。

「いや、そんなことをしたらダンザールにばれるだろ？　あのタイミングだったから、青《せい》龍《りゅう》が完全に負けたと思わせられたんだ。みんなの攻撃でダメージが蓄積《ちくせき》されたところに、俺が弾丸を撃ち込むことでとどめを刺したってな。しかも弱っている状況でもなければ恐《おそ》らくあの弾丸で浄化するのも難しかったはずだ」

アタルの作戦は大成功で、青龍が負けたとダンザールに思わせられた。

『む、そ、そう言われると確かに……もっと早く解放されていれば、ダンザール様は怒りでここを破壊《はかい》したかもしれん』

アタルの選択が正解であると青龍も納得《なっとく》し始める。

「さすがにそのままでいるのは辛《つら》いだろうから、治してやるよ」

アタルはライフルの銃口《じゅうこう》を青龍に向ける。

『むおお、この状態の私に追い打ちをかけようというのか！』

先ほどまで攻撃に使っていた武器を向けられ、青龍は慌《あわ》てた様子でアタルから離れようとする。

しかし、アタルはそれに構わず銃弾を発射した。

『ぬおおおおお、お？　おおおぉ！』

最初はダメージを喰らうことへの恐怖心《きょうふしん》や驚き、次に何かが違《ちが》うなという気づき、最後に自分の身体に起きている変化への喜びが声になっていく。

『こ、これはすごい！　傷が全て治っているぞ！　ダンザール様の力を飲み込んだ負担も軽くなっている！』

青龍は空を飛んだり、尻尾を動かしたりして自分の身体の好調を確認《かくにん》して喜んでいた。

しばらく動いて満足したところで、アタルたちの前へとゆっくりと降り立つ。

『すまない、少しはしゃいでしまったな』

「気にするな。あれだけのダメージが一瞬《いっしゅん》で治れば驚くのも当然だし、縛《しば》られていた邪神《じゃしん》の力もかなり軽減したんじゃないか？」

アタルに言われて青龍は目を閉じ、自分の身体の中にある邪神の力を感じ取ろうとする。

『……ほとんど感じられない。これはどういうことだ？』

疑問に思った青龍がアタルに質問を返した。

「倒れていた時に俺が撃ち込んだのはただの浄化の魔法弾じゃないんだ。強浄化弾（玄）を撃ち込んだ。この武器は元々創造神の爺《じい》さんが作ったもので、そこに俺の力と玄武の力を込めたからな、邪神の力を弱らせるくらいはできるはずだ」

それを聞いた青龍は改めてアタルの持つ武器と能力に驚いていた。

『いやはや、人の身でありながらこれほどのことをあっさりとやってのけるとはな。しかもダンザール様すらも撃退したとは……感服した！』

青龍は封印《ふういん》されていたことについては納得していた。

過去に自分の力が邪神の影響《えいきょう》で暴走して多くの人々を傷つけ、命を奪《うば》っていた。

ゆえに、二度と外に出ることもなく、封印された状態でいたいと思っていた。

『邪神の力に囚《とら》われずにあること。こんな日がくるとは思わなかった……玄武と白虎と同じく、私もお主たちに力を貸そう。そちらの獣人の少女』

「……えっ、私ですか？」

指名されて、キャロが一歩前に出る。

『先ほどの戦いの中で獣力を使っていたのを感じた。しかし、まだ自分の物にしていないのも同時に感じられた。全て使いこなせれば、私はもっとダメージを受けていただろう』

その言葉にキャロは頷く。

彼女自身も今回はなんとか使うことができたというレベルであり、使いこなせてはいないということを理解していた。

『昔はその力を使いこなすことができたものもいたが、徐々に減っていったようだな。だがお主は見込みがある。だから、私が力を与《あた》えよう。そうすれば力を使いやすくなるはずだ。右手を前に出してみろ』

いきなりの展開に戸惑いながらも言われるままにキャロはゆっくりと右手を前に出す。

『それでいい、いくぞ』

青龍の身体から深く青いオーラの玉が現れ、そのままゆっくりとキャロの右手に吸い込まれていった。

「こ、これは、すごい力を感じますっ！」

『その力を感じながら、獣力の発動を意識してみるといい』

言われて、キャロは先ほどの戦いのことを思い出し、獣力を呼び起こしていく。

「あ、あれ？　すごいですっ！」

キャロが驚くのも当然だった。

戦いの中で必死の状況で意識したから発動することができた獣力。

それを今は当たり前のように呼び起こすことができ、力強く青いオーラがキャロの身体を包んでいる。

『本来であれば身体の負担が大きいから長時間使うのは難しいはずだが、私の力を取り入れることで引き出しやすくなり、負担も少なく使えるはずだ』

キャロはそれを今まさに体感している最中であり、手を動かしたり、足を動かしたりして獣力が滑《なめ》らかに身体を覆っていることを感じていた。

『この先、力に馴染んでいけば、更に上の使い方もできるようになるであろう。私の力が宿った証《あかし》として獣力《じゅうりょく》を使う際には手の甲《こう》に模様が浮かびあがるようになったが……まあ、いいだろう』

「あっ、本当ですねっ。でも、なんだかカッコいいと思いますっ！」

キャロは右手の甲を見て、竜《りゅう》をかたどったかのような模様を笑顔《えがお》で撫《な》でていた。

『これだけではない。私の鱗をいくらか持っていってくれ』

先ほどは攻撃として使っていた青龍の鱗。

今度はそれをゆっくりと飛ばしてアタルの前に浮遊《ふゆう》させていく。

「さっきは撃ち落とすだけだったが、これはかなりの硬度《こうど》だな。実際に手で触《さわ》ってみるといい素材だ」

アタルは青龍の鱗を興味津々《きょうみしんしん》な様子で眺《なが》めながら、マジックバッグの中へとしまう。

しかし、しまってもしまっても次々に鱗が飛んできていた。

「はい、はい、はい……っていやいや、多すぎだろ！　もう十分だって！」

再生するとはいえ、あまりの数にアタルは辟易《へきえき》して拒否《きょひ》する。

結果としてトータルで数百枚を超える鱗をアタルは手に入れることとなった。

一枚あたりがアタルの手のひらよりも大きいサイズであるため、数枚でも十分装備の素材として使えるものである。

『ふむ、まだまだ用意できるが……そう言うのであればいいだろう。私の鱗を使った装備を身に着ければ、獣力を一層使いやすくなるであろう。玄武の装備を身に着けているようだが、あれはかなりの硬《かた》さを持っている。それに対して私の鱗であれば鋭い武器ができあがるはずだ』

青龍は自分の鱗に自信を持っているようだった。

「なるほど。まずはこれを加工できる職人を探すのが大事だな」

アタルはこれをどういった武器にしていくのか、どのレベルの腕前《うでまえ》の職人なら加工できるのかを考えている。

『装備で思い出したが、この空間に転がっている武器と防具は私が封印される前にここにやってきた者たちの物である。中には強力な物もあるはずだから、好きに持っていくといい。ここにおいてあってもいずれ朽《く》ちていくだけだからな』

今まではこの空間自体が封印されていたため、劣化《れっか》は少なかったが、解放された今となっては使わず、手入れもせずにおいてあってはいずれ使い物にならなくなる。

「わかった、ありがたくもらっていこう。俺たちが使わなくても、売ってもいいし、他の誰かに使ってもらってもいいからな」

アタルは周囲を見回して装備の力を感じ取ってみる。

改めて魔眼で確認しても業物《わざもの》が交ざっているのを感じ取っていた。

『うむ、何かの役にたててくれ……それと、お主たちがどう思っているのかはわからんが、私は今のこの状況に至れたことを相当に嬉《うれ》しく思っている。だから、もう一つだけ力になろう』

キャロに力を与え、装備を作るために大量の鱗をわけてくれた。

だが、青龍はそれだけでは足りないと考えていたため、次の提案をする。

「何をしてくれるんだ？」

『うむ、獣人の少女と契約《けいやく》をしよう。ついていくのは無理だが、困った時に力となろう。お主たちは我らなどのような神のごとき存在を相手にするようだ。ならばいざという時に、もう一つ戦力があったほうが助けになるだろう』

まさかの提案に四人が驚く。

今まで四人で旅をして戦ってきたが、そこに新たな戦力が加わることは今まで考えたこともなかった。

「そ、それはありがたいのですが……本当に私でよろしいのですか？」

神との契約というとんでもない申し出にキャロは戸惑っており、この確認は青龍だけでなくアタルにも同時に向いている。

『そちらの男が中心であるというのはわかる。しかし、神との契約をスムーズに行うには力による繋《つな》がりが肝《きも》となる』

そう言って青龍はキャロの右手の甲を顎《あご》で指示した。

「なるほどな。キャロ、契約させてもらえ。力と素材だけじゃなく、これだけ強力な仲間を得ることができるのはそうそうないことだからな」

アタルもこの契約が重要なものであると感じていた。

「で、では久しぶりの契約魔法を使いますねっ」

キャロは戸惑いながらも、バルキアスと契約した時のように青龍との契約魔法の準備をする。

まずは地面に大きめの魔《ま》法陣《ほうじん》を描《えが》いていく。

さすがに青龍が入れるサイズともなると時間がかかるため、アタルも手伝う。

数十分後、完成した魔法陣へ青龍は移動する。

続いて、キャロが青龍に触《ふ》れて魔力を流していく。

『ふむ、強さはそこまでではないが、温かさ、優《やさ》しさを感じる良い魔力だな。獣人でここまで魔力を操《あやつ》れる者はなかなかいないのではないか？』

青龍の経験上、獣人は魔力操作が苦手な者が多かった。

「ありがとうございますっ。お師匠様《ししょうさま》がとても良い方だったのでそのおかげだと思います」

キャロは笑顔でそう言いながらフランフィリアのことを思い出していた。

「それでは契約に移りますね…… 〝我、契約を施行《しこう》する。汝《なんじ》、我《わ》が呼びかけに応《こた》え、契約することを誓《ちか》うか？〟」

いつもの契約魔法の文言を口にする。

『うむ、誓おう』

すると、魔法陣が光を放ち、キャロと青龍の身体《からだ》を包み込んでいく。

青龍のサイズが大きいため、アタルたちは眩《まぶ》しさに思わず目を閉じる。

しばらくして光が収まると、キャロと青龍の間に魔力の繋がりが生まれていた。

「完了《かんりょう》ですっ。久しぶりだったので少し不安でしたけどうまくいったみたいで安心しましたっ」

『うむ、よい契約魔法であった』

青龍も契約者であるキャロとの繋がりを感じ取っており、満足そうに微笑《ほほえ》んでいる。

『……んっ！　ごほんごほん！』

すると、今まで黙《だま》って見守っていたバルキアスが急に咳《せき》ばらいを始めた。

「バル、どうかしたか？」

アタルがバルキアスの珍《めずら》しい反応を見て問いかける。

『青龍さんって言ったかな？　僕《ぼく》はバルキアス。キャロ様と契約した第一号なんだよね』

その言葉のとおり、キャロが契約したのはバルキアスが初めてであり、今回の青龍は二度目となる。

ふんっと胸を張るバルキアスは何か言いたげだった。

『そうか、ならば同じ主人を持つ者としてよろしく頼《たの》む』

柔らかく目を細めた青龍は余裕《よゆう》を持った対応をする。

『うんうん、よろしくね。で、それはそれとして、生きている年月は青龍さんのほうがすごく長いと思うんだけど、キャロ様と契約しているのは僕のほうが長いんだよね。だから、そのあたりのことはちゃんとわかっていてほしいな！』

ここまで聞いたところで、バルキアスが何を考えているのか全員が理解していた。

「ふふっ、バル君。急に青龍さんと契約したので、嫉妬《しっと》しちゃいましたか？」

これまでキャロと契約していたのはバルキアスだけという唯一無二《ゆいいつむに》のポジションだった。

そこに急遽《きゅうきょ》青龍という同じ立場の者が現れた。

しかも相手は神という立場であり、強力な力を持っている存在である。

バルキアスという存在が脅《おびや》かされるのではないかという不安と、自分よりも青龍《せいりゅう》が頼《たよ》られるようになるのではないかという寂《さび》しさを感じていた。

「バル君、安心して下さい。他の方とどれだけ契約したとしても、私にとってバル君はとても大切な存在ですからっ！」

キャロは屈《かが》んでバルキアスと視線を合わせながら笑顔で優しく声をかける。

『キャロ様……』

「それに、バルは契約相手というよりもどっちかっていうと家族みたいなもんだろ？　青龍とはまた立場が違うさ」

アタルはバルキアスの頭に手を置いて安心させるように微笑みかける。

『アタル様……うん、わかった！　ごめんね、変なこと言って。青龍さんもよろしくお願いします！』

二人の言葉に安心したバルキアスは笑顔になっていた。

このわだかまりを残しておいては、いつかどこかで爆発《ばくはつ》するかもしれない。

その思いを口にしたこと、そしてそれに対してキャロとアタルの言葉を聞けたことはバルキアスにとってとても大事なことだった。

『何も言っていないが解決したようでよかった。そして、安心してもらいたいのだが、私が旅に同行することはない。ここのように魔素《まそ》の濃《こ》い空間でなければ本来の力を出すことができず、先ほどの戦いでかなりの力を失っている。だから、私はしばしここで力をたくわえるために、眠りに、つこうと、思う……いざという時に、呼んで、くれ……』

青龍は封印から解かれたばかりであり、目覚めたばかりで強烈《きょうれつ》な戦いをしてしまった。

そのことは彼《かれ》の身体から多くの魔力を失わせており、眠りについて休息しなければならないほどである。

そのため、今は目を閉じ、いつ眠りについてもおかしくない状況《じょうきょう》である。

アタルはそれを見て慌てて声をかける。

「眠る前に教えてくれ！　朱雀《すざく》がいる場所はどこなんだ！」

四神の情報は国家クラスの書庫などをあさることで、やっと少し手に入るレベルのもの。

白虎と青龍の情報はたまたま手に入れることができたが、単純に運がよかっただけであり、朱雀に関しては欠片《かけら》も情報がなかった。

ならば、四神の一人である青龍から直接情報を手に入れるのが最善の方法だとアタルは考えている。

『朱雀、か……場所は、私にも、わからない……』

青龍の意識は朦朧《もうろう》としており、情報が聞き出せなくなるだろうことはあきらかだ。

「なんでもいい！　情報をくれ！」

それでも、なにかしらヒントを得られないかとアタルは詰《つ》め寄《よ》る。

『東、ここより東の方角、海の向こう、なにか、力を……感じ……』

そこまで言うと、青龍は完全に眠りについてしまった。

契約をしているキャロには消滅《しょうめつ》していないことはわかるが、姿はもう見えない。

「……東か。それだけでも聞ければ行動の方向性が少しは見えてくるか。しかし、もっと早くこの話題を振《ふ》っておけばよかったな」

それでも情報が手に入ったことへの小さな安堵《あんど》をアタルは覚えていた。

「でも、色々なものを手に入れることができました。青龍さんの力と鱗に加えて、契約することもできましたし、ここの装備も使っていいとのことでしたっ！」

そう言うとキャロは部屋の中に山積みになっている装備を見回していく。

「確かにな。青龍に挑《いど》むほどの戦士が使っていたものだから、中には伝説級の装備もあるかもしれない。さすがにこの量をここで見極《みきわ》めるわけにもいかないから、いったん適当に回収してどこかで落ち着いて見ることにするか……」

壊《こわ》れている物も、綺麗《きれい》な物も、力のある物も、大したことのない物も混在しているため、そのあたりの見極めをする必要がある。

にしても、相当量の装備が存在するため、ここで判断するには数が多すぎた。

「なら、まずは装備をマジックバッグに入れていきましょうっ！」

キャロは力こぶを作るような動きをすると、手近な装備の山へと近づいていき、一つずつ装備をしまっていく。

「そうだな、明らかに壊れているものは除外して、それ以外を回収しよう。バルとイフリアも手伝ってくれ。ボロボロのやつはよっぽど珍しい力を感じない限りは端《はし》のほうに持って行ってくれると助かる」

『わかった！』

『承知した』

さすがにこれだけの量があっては、二人だけだとしまうだけでもかなりの労力を要してしまうので、猫《ねこ》の手も借りたいではないが、フェンリルの手とフレイムドレイクの手も借りたいと、アタルは指示を出していく。

「あー、これはという気になる物があったら言ってくれ。別にこの段階で既にいいなと思うようなものがあれば好きに使ってもらっていい。一応呪《のろ》われていないかを魔眼で確認するから、身に着ける前に一言頼むぞ」

これだけの中から好きに選べるとあって、キャロもバルキアスもイフリアも宝探しをするような気持ちになってモチベーションがあがり、選別する手に力が入っていく。

「さて、俺も何かいいものが見つけられるといいんだが」

作業に対する疲労感《ひろうかん》を超《こ》えるモチベーションを、自分を含《ふく》めて全員に与えることで少しでも作業効率を上げていく。

いいものはないかという目で見ていくことで、より厳しい形で装備の選別をすることもできるため、アタルの判断は効果的であった。

『あっ、これカッコいいかも！』

バルキアスは豪華《ごうか》な装飾《そうしょく》が施《ほどこ》されている斧《おの》を見てキラキラと目を輝《かがや》かせていた。

『む、これなど良いのではないか？』

イフリアはじゃらじゃらと宝石がついているネックレスを持ち上げている。

（お前たち……それをどうやって使うんだ？）

そんなことを思うアタルだったが、二人が楽しそうにやっているため、水を差すようなことは言わずに任せることにした。

「うーん、これはさすがにボロボロですね。これは可愛《かわい》いかもですっ！」

キャロも楽しそうに作業をしているため、アタルはそれを笑顔で微笑ましく見ていた。

「にしても、これなんて普通のナイフなのに、強さを感じるな」

特別製でないものでも、魔素の濃い空間に晒《さら》されていたため、武器に魔力が染《し》みついており、本来よりも数段上のランクへと昇華《しょうか》されていた。

第六話　報告

戦いを終えて、下山したアタルたちは守り人の家へと向かった。

「戻《もど》ったぞ」

勝手知ったる家であるためアタルは声をかけると扉《とびら》を開けていく。

すると、ミクレルがバタバタと音をたてて玄関《げんかん》に走ってきた。

「よかった、みんな無事だったんだね！」

「うむうむ、よく帰ってきたな」

続いてカイレルもきて、笑顔でアタルたちの無事を喜んでいる。

「二人には色々と世話になった。おかげで青龍のことを鎮《しず》めることができたよ。カイレルたちが守り人としての使命を守り続けてきてくれたからこそ、永久氷壁《ひょうへき》を突破《とっぱ》することができた。本当にありがとう」

アタルは二人に感謝の気持ちを伝える。

もしどこかで守り人が途絶《とだ》えていたら、永久氷壁を前にしても情報を得ることができなかった。

カイレルとミクレルをはじめ、その前、その前と、先祖代々青龍のことを伝えてきてくれたおかげで今回の結果になったとアタルは深い感謝を示した。

「いや、わしらはただ与えられたことをこなしていたにすぎん。それに、わしが続けようと思ったのも祖父や父がしっかりと守ってきてくれたからじゃ。わしではなく、わしの前の代がしっかりしていたということじゃよ」

カイレルはあくまでも自分の手柄《てがら》ではなく、過去の人々がすごかったと言う。

「でもさ、俺が守り人を継《つ》ごうと思ったのは祖父《じい》ちゃんがいたからだよ？　祖父ちゃんから話を聞いて、祖父ちゃんがしっかりとお役目を守っている姿がカッコよかったから俺もやろうと思ったんだ！」

ニッと歯を見せて笑うミクレルの言葉は、これまで守り人をやってきたカイレルのことを全肯定《こうてい》してくれていた。

「誰《だれ》かがすごいんじゃない。みんながみんな受《う》け継いできたことがすごいのさ。だから卑《ひ》下《げ》することなく誇《ほこ》っていいことだ。とにかく、俺は二人のおかげで助かった。それでいいじゃないか」

アタルの言葉に、カイレルは自然と笑顔になっていた。

「なんにせよ俺たちはなんとか目的を達成することができたよ。青龍の助力を得ることもできたし、これでなんとか次に進むことができる。次の目的地となる場所の情報も少しだけど聞くことができた」

アタルも今回のことに満足しており、カイレルたちに笑顔を見せる。

「みんなはこれからどうするの？」

それはミクレルがずっと気になっていたことだった。

「私たちは一度獣人国に戻ろうと思います。今回のことで助力してくれた方々に報告をしたいですし、次の目的地に向かうのに、遠回りにはならないでしょうから」

キャロが今後の進路について説明してくれる。

「やった！　だったら俺たちも一緒《いっしょ》に連れて行ってよ！　俺の父さんと母さんはあそこに住んでいるんだ。守り人の仕事も終わったから、これからは一緒に暮らすのも悪くないって祖父ちゃんが！」

祖父のことが大好きなミクレルだったが、それでもやはり両親のもとにいたいという気持ちは持っており、その両方と一緒にいられることを楽しみにしている。

「これまで息子《むすこ》にも、その嫁《よめ》にも色々と迷惑《めいわく》や心配をかけてきた。ミクレルを守り人の使命につき合わせているのもよく思っていなかっただろう。じゃが、守り人としての役割は終えた。じゃからこれからは一緒にいようかと思ったんじゃよ」

決心はしたが、まだ気恥《きは》ずかしさがあるのか、カイレルは頬を赤くしながら言う。

これまでも心苦しくは思っていたが、使命を優先しなければならないため、どうしても街に戻ることはできなかった。

しかし、その使命から解放された今となっては縛られることなく生きることができる。

「なるほど、了解《りょうかい》した。それなら一緒に行こう。準備をしてくれ」

「準備完了！」

「わしもじゃ！」

アタルたちが青龍のもとへ向かっている間に、二人とも引《ひ》っ越《こ》しの準備を終えていたようで、後ろには大きな荷物が用意されていた。

「ははっ、もう俺に確認をとる前に行く気満々だったんだな」

「実はもう大体の荷物は馬車に載せてあるよ！」

「すまんなあ」

「ヒヒーン！」

二人ともアタルたちが断らないと踏《ふ》んでおり、先に動いていた。

あまりに軽装であったため、アタルもおかしいなと思っていたが、必要な荷物は既《すで》に積んであり、馬とのコミュニケーションも完璧《かんぺき》だった。

「ははっ、用意周到《よういしゅうとう》だな」

「ふふっ、すぐに出発できますね」

そんなミクレルたちの行動力をアタルとキャロは微笑ましく思っていた。

そこからはすぐに出発していく。

帰りも何度か野営をすることになったが人数が増えたため、話題は尽《つ》きることなく楽しい道中となった。

カイレル、ミクレルは守り人についての話や、過去の守り人たちの話をする。

アタルたちからは今回の戦いについて、属性神からの試練、そして青龍との戦いについての話などをしていく。

そんな楽しい旅路もあっという間に終わって、ついに獣人国に到着する。

「いやあ、ここに帰ってくるのも久しぶりじゃなあ」

長い馬車旅に揺《ゆ》られた身体をほぐすように伸《の》びをしながらカイレルが言う。

道中で聞いた話では、カイレルは年に数度街に戻るだけで、それ以外はほとんどあの小屋で過ごしているという。

今回も戻るのは半年ぶりということだった。

「さて、それではわしらはここで失礼するとしよう。いや、ここまで馬車に乗せてくれて本当に助かった」

カイレルはそう言って馬車を降りる。

「ありがとね！　いつもは北の村に行って馬を借りてるんだけど、今回は快適だったなあ」

ミクレルは今回馬車に乗れたことをことさらに喜んでいた。

いつもなら、馬での長距離《ちょうきょり》移動であり、それは尻《しり》への負担が大きい。

今回は馬車にふかふかのクッションが用意されており、休憩《きゅうけい》も適宜《てきぎ》とっていたため、身体に痛みはなく快調なまま戻ってくることができていた。

「あぁ、色々ありがとうな。俺たちも二人と話すことができて楽しかった」

「ですですっ！　またお会いしましょうっ！」

アタルもキャロも彼らのことを悪く思っておらず、彼らがいたから帰りの旅路を心地《ここち》よく進むことができたと考えている。

「こちらこそ……などと言っていてはいつまでも終わらんな。それではな！」

「みんな、ありがとう！　これで俺も城の騎士《きし》を目指せるよ！」

「……な、なんじゃとっ⁉」

カイレルの別れの言葉に続いて、ミクレルの思わぬ夢のカミングアウト。

これまで何もなければ守り人を継いでもらえると思っていただけに、初めて聞く情報に驚《おどろ》くカイレル。

「ははっ、いい目標じゃないか」

「国に仕えて、みんなを守るというのもすごくいいことだと思いますっ！」

その夢がかなって騎士になったとしたら、仕える相手はキャロの叔父《おじ》にあたるが、あえてそのことには触れずにミクレルのことを二人は励《はげ》ました。

「頑張《がんば》るよ！　それじゃあね！」

ミクレルは笑顔で手を振ると、足早に人ごみの中へと走っていく。

「ちょ、ちょっと待ってくれ。ミクレル、今のはどういうことなんじゃ？」

呆然《ぼうぜん》としていたカイレルは、ミクレルの背を慌てた様子で追いかけていった。

「じゃあな！」

「頑張って下さーいっ！」

軽く手を振るアタルと大きく手を振るキャロが声をかけると、ミクレルは一度だけ振り返《かえ》って大きく手を振って、カイレルはペコリと頭を下げて再び走って行った。

「二人とも縛られるものがなくなったから、楽しそうだな」

「はいっ！」

世話になった相手が楽しそうに生きていくのを感じられたのは、二人にとってとても嬉しいことだった。

「さて、それじゃ報告に行くか。まずは冒険者《ぼうけんしゃ》ギルドに行こう」

「ギルド、ですか？」

今回、ギルドマスターのバートラムも見送りをしてくれたが、青龍に関してはあまり触れていなかったため、キャロは首を傾《かし》げる。

「あぁ、冒険者と騎士がこの街の戦力になるだろ。そんな人たちに俺たちがこれから戦う相手の情報を流しておかないわけにはいかないだろ。なにせ、バートラムは実際に宝石竜と戦っているのを見ているからな」

「なるほどですっ」

「それ以外にも、あいつらのことも教えておかないとだろ？」

アタルの言うあいつらとは、この世界にいると思われる邪神、そして邪神側に属する神のことをさしている。

これだけの重要な情報をアタルたちだけで抱《かか》えておくには重すぎる。

また、それらと戦うともなればアタルたち以外の戦力が重要となっていくだろうと考えていた。

「確かにそうですね。知っているのと知らないのでは、これからどのように力をいれていけばいいのかが変わってきますね……」

キャロは青龍を豹変《ひょうへん》させたダンザールのことを思い出していた。

こちらを舐《な》めていたからこそあっさりと引かせることができたが、次からは相手も慎《しん》重《ちょう》に対応するはずである。

「あぁ、俺《おれ》たちはまた別の場所に旅立っていく。その間にこの国でも戦力の増強を考えてもらいたい。それに、今回のようにこの国が狙《ねら》われた際に騎士や冒険者だけで対抗《たいこう》できるだけの力を準備できてないときついだろ」

現状では、この街の冒険者と騎士は、冒険者ランクでいえばBランクが多く、Aランクは数人いればいいほうである。

それらが力を合わせることで属性竜を倒《たお》すことができる。

そこにSランク冒険者のフェウダーがいればその上の黒竜だったとしても戦うことが十分にできる。

ただ、それは黒竜クラスが一体のみの場合であり、複数いれば蹂躙《じゅうりん》されてしまう可能性が高い。

となれば、全体的な実力の底上げが必要となる、とアタルは考えていた。

「っと、そんなことを話していたらギルドに到着だ」

馬車でゆっくりと進んでいたが、話をしている間に目的の場所へと到着していた。

「それじゃ、俺とキャロで行ってこよう。バルとイフリアは馬車の番をしていてくれ」

アタルに指示されると、バルキアスとイフリアは馬車を守れるように周囲に気を配る。

怪《あや》しい者が近づけば威圧《いあつ》して遠ざけた。

ギルドに入ったアタルとキャロは受付嬢《うけつけじょう》に頼んで、バートラムに会えるように取り計らってもらう。

その内容は『レグたちと一緒に聞いてほしい大事な話がある』というものだ。

レグとは変装時のレグルス王の愛称《あいしょう》であり、バートラムもそのことを知っている一人である。

受付嬢の中にはそれがレグルスのことを指しているとわかる者もいるだろうが、アタルのような一冒険者が気軽に王の名を口にしていると信じる者はほとんどいない。

「わかりました」

アタルが先日の戦いの功労者であることはこの受付嬢も知っているため、すぐに上のギルドマスタールームにいるバートラムへと連絡《れんらく》をつけに行く。

数分の後、受付嬢が戻ってきて状況を伝えてくれる。

「伝えてきました。準備ができたら声をかけるとのことです」

「ありがとう」

「ありがとうございますっ！」

礼を言うとアタルたちは階段が見えるところでバートラムを待つことにした。

しかし、待っていても誰かが降りてくる気配はない。

「もし、アタル殿《どの》、キャロ殿」

すると、二人に後ろから話しかけてくる人物がいた。

「ん？　あんたは……」

「バー……」

「しっ！」

そこにいたのは、変装したバートラムだった。

彼はキャロが名前を呼ぼうとしたため、慌《あわ》てて止めた。

レグルス同様、バレバレの変装だったが、大騒《おおさわ》ぎにならないようにという彼なりの配慮《はいりょ》だった。

「この姿の私はギルドマスターではなく、ただのバート。それ以上でもそれ以下でもない。

さあ、レグのところに行こう」

「……この国ではバレバレでも変装している時は、そのことに触れないという暗黙《あんもく》のルールでもあるのか？」

「ふふっ、もしそうだとしたら、みんなおおらかで優しいですね」

そんな上層部だとしても、文句を言わずに見守っている国民たちにキャロは微笑ましさを感じていた。

「……そうさせるだけの優秀《ゆうしゅう》さがあるからなのかもな」

いざという時にしっかりとした判断をすることができる上層部だからこそ、下の者もこんなお茶目《ちゃめ》な行動を許容しているのかもしれない――アタルはそう感じていた。

それからアタルたちの馬車にバートラムも同乗して城へと向かう。

城に到着し、門番に目的を話すとすんなりと中に案内された。

アタルとキャロのことは城のほとんどの人間が知っており、一般人《いっぱんじん》が申し出ても普通《ふつう》では叶《かな》わない『王への面会』ということでも、あっさりと許可が下りた。

しかも、案内役としてアタルたちを入り口まで迎《むか》えに来たのは大臣という、ありえないほどの特別待遇《たいぐう》である。

「……この国の上層部はもしかして暇《ひま》なのか？」

思わずアタルがそんなことを口にするくらいには、周囲にいた兵士らもありえないと思っている。

「いやいや、英雄《えいゆう》たちと、王の姪《めい》と、ギルドマスターを迎えるともなれば、私が出向くのは当然のことでしょう。他の者にこの役目は任せられません」

アタルの呟《つぶや》きに苦笑《くしょう》した大臣は最後に笑顔で言うと、王の私室へと案内する。

謁見《えっけん》の間で、という話も最初にあがってはいたが、アタルたちであれば形式ばった場所で話すよりもフランクに話せる場所がいいだろうと大臣が進言していた。

到着すると、大臣がノックしそのまま扉を開けて部屋へと入る。

レグルスは何かの書類を見ていたようだが、アタルたちが入ってきたのを確認《かくにん》すると中断して部屋の中央にあるソファへと移動してくる。

「おぉ、キャロ、アタル殿、バルキアス殿、イフリア殿。それにバートラムか……ふむ、この顔ぶれということは色々と話があるのだろうな。しかし、まずは無事に帰ってきたことを喜ぼう。よくぞ帰ってきてくれた」

素直《すなお》にこの言葉が出るところが、レグルスの人の良さを表している。

「あぁ、心配かけたな。なんとか目的は達成できたよ」

「ありがとうございますっ！　こうやってまた叔父様《おじさま》と会えて嬉しいですっ！」

「うむうむ、よかったよかった」

キャロの言葉を聞いたレグルスはニコニコと笑《え》みを見せたかと思うと、姪にデレデレとしている。

「ゴホン、再会を喜ぶのはいいが、彼らには報告することがあるのではないかな?」

大臣がそう言いながらレグルスに視線を向ける。

このままでは姪デレしているレグルスという構図から移行しないと感じ取った大臣が冷たい言葉を投げかけた。

「……う、うむ、そうだったな。それではみんなかけてくれ」

ぎくりと身体を揺らしたレグルスは、アタルたちにそれぞれ座《すわ》るように促《うなが》す。

「早速《さっそく》だが、報告をしてもらえるかね?」

王の言葉に頷《うなず》いて、アタルが話を始めていく。

「それじゃ説明をしていこう……俺たちはみんなに調べてもらった情報をもとに、北にある雪山へと向かった。そこには文献《ぶんけん》にあったように永久氷壁と呼ばれる、数百年間ずっと溶《と》けることのない巨大《きょだい》な氷の壁《かべ》があった」

これは王たちも知っている情報であるため、頷いている。

「この永久氷壁はその奥《おく》にいる青龍《せいりゅう》を封印《ふういん》するものだった。そして、それは神によって作られたものであり、俺たちが攻撃《こうげき》しても壊れることなくそこに存在し続けた」

アタルたちの力が相当なものであることは、ここにいる全員が知っている。

そんな彼らであっても壊すことができないと聞けば、それだけで強固を超えて鉄壁《てっぺき》なものであることが伝わってくる。

「その氷壁の封印を見守り続けていた一族である『氷の守り人』に俺たちは会うことができたんだ。彼らの案内で外から氷壁を守り続けていた神に会うことができた」

「神に会った⁉」

「か、神というのは、あの神ですよね？」

「まさかそんな……いや、君たちならありうるのか」

王、大臣、バートラムの順で驚くが、四神を探していたアタルたちならば、このように神と会っても不思議ではないとも思っていた。

「そこで会ったのは風の神と土の神で、俺たちは腕試《うでだめ》しの試練を課され、それを乗《の》り越えることで認められた。その後、一緒に氷壁に向かうと、そこで火の神、水の神とも会うことになった。氷壁とは火と水の二柱がその存在をかけて作ったものだったんだ」

次々と出てくる新事実に、王たちは言っていることをなんとか理解しようとするだけで精一杯《せいいっぱい》になっている。

「それから神たちは氷壁を解除すると融合《ゆうごう》して本来の属性神の姿に戻った。それと同時に山をぐるりと一周覆《おお》っていた氷壁は全《すべ》て消え去った」

「……氷壁が」

「消えた……！」

「!?」

王たち三人が面白《おもしろ》い顔で驚いている。

「氷壁が消えたあとは、その奥にある洞窟《どうくつ》への道が開かれた。そして山の上の雲は全て晴れて、雪はやんで、積もっていた雪も魔物《まもの》も消えて、山には緑と花が戻った」

この説明に驚きすぎた王たちは口を開けたまま、声も出せずにいる。

「氷の守り人は山から下りて、俺たちは洞窟の奥に向かった。そこには、俺たちが目的としていた青龍がいた。よく見かけるドラゴンのような身体《からだ》じゃなくて、蛇《へび》のように細長い身体の竜《りゅう》だ」

情報を集めはしたものの、そんな竜種のことを知らない三人はごくりと唾《つば》を呑《の》む。

「俺たちは玄武《げんぶ》、白虎《びゃっこ》と戦ったが、青龍からはそれ以上の力が感じられた。最初のうちは和《なご》やかに会話ができていたんだが、身体の中にある邪神《じゃしん》の力が作用して俺たちに襲《おそ》い掛《か》かってきた」

ここで新たな神の名前が出てきたため、王たちは目を見開く。

邪神という名前から、良くない神であることは王たちにも伝わっているが、一体それが何者なのか……その答えがアタルの口から出てくるのを待っている。

「邪神というのはこの世界にいる人類を滅《ほろ》ぼそうとした邪悪な神で、四神は邪神にそそのかされてそちら側についていた神だ。人類を世界の一部と考える神たちと対立していた神だ」

「人類を……」

衝撃的《しょうげきてき》な話にレグルスが茫然《ぼうぜん》とそう呟いたが、室内は静かであるため、声は思った以上に部屋に響《ひび》き渡《わた》った。

アタルが話しているのはこの世界において、恐《おそ》らく重要な話であり、一言として聞《き》き漏《も》らしてはならないという緊張感《きんちょうかん》が部屋を支配している。

「俺たちは青龍と戦ってダメージを与《あた》えた。確かに強い相手だったが、俺たちも強くなったから、あのままだったら普通にやりあえる相手だ。そう、思っていたところに別の神が現れた」

神のバーゲンセールかというほど、何柱もの神が話の中に登場していく。

「その神は青龍よりも上位の神でダンザールと言った。もちろん邪神に与《くみ》する神で、そいつが青龍に力を与えてから青龍は狂化されて今まで以上の力を発揮して暴れた。そこで俺たちもできる限りの全力で攻撃をした。俺の弾丸《だんがん》、バルの白虎の力、イフリアのブレス……そして、キャロの獣力《じゅうりょく》だ」

ここにきて、王の表情が初めて明るくなる。

「おぉ！　そうかそうか、キャロは獣力を使うことができたか！　うむうむ、さすがわしの姪、兄の娘《むすめ》だ！　いやあ、アタル殿に話しておいて良かった。役にたったな」

「はいっ、叔父様がアタル様に話してくれたおかげで使うことができましたっ。本当にありがとうございますっ」

ぱあっと明るい笑顔《えがお》を見せるキャロは感謝の気持ちをレグルスに伝える。

力を引き出したのはキャロ自身だが、それができたのも事前に話を聞いていたためだと彼女《かのじょ》は思っていた。

「いいんだよ。キャロの力になれたのなら私も話したかいがあるというものだ」

ここでもレグルスはニコニコデレデレとしていた。

「話を戻すぞ……俺たちの全力の攻撃でなんとか青龍の動きを止めることができた。それに合わせて、俺が持てる最強の攻撃でダンザールにも攻撃をした。完全に俺のことを舐めてくれていたからなんとか撃退《げきたい》することに成功した」

その言葉に王たちから小さな歓声《かんせい》があがる。

「青龍の力も素材も得ることができた……ここまでが俺たちの旅の経緯《けいい》。ここからが俺の話したかった本題になる」

アタルの話は全て驚くようなものであったため、王たちはげんなりとした表情になる。

まだこれ以上に何か話があるのか、と。

「この世界には数百年の時を重ねても属性神が存在していた。俺たちが戦ってきた四神ももちろん神で、ダンザールも神だ。ということは……」

ここまでの説明で、全員が話を理解して緊張が走る。

「わかったようだな。そうだ、邪神側の神は恐らく他にもいる。もしかしたらまだ邪神もどこかにいるかもしれない。さらに世界には宝石竜もいて、魔族《まぞく》も暗躍《あんやく》している」

絶望的なことを淡々《たんたん》と口にするアタル。

話を聞いているレグルスたちの表情は険しく、部屋の空気は完全に重くなっていた。

「だから、あんたたちには頑張ってもらわなければならない」

これはアタルからレグルスたちへの課題提示である。

「神クラスの相手と戦うとなれば、相当な力が必要だ。今のこの国だとフェウダーくらいしか戦力にならないだろう」

この事実は、国を束ねるレグルスと大臣と、そして冒険者たちをまとめるバートラムの胸を強くえぐる。

「だから、全体的に力の底上げをしてくれ。装備もそう、能力もそう、技術もそう、強くならなきゃこの先に何かあった時に厳しい」

これはレグルスたちの肩《かた》に責任という名で重くのしかかっていく。

「ははっ、面白いくらいに暗い顔をしているな」

そんな三人を見てアタルは笑う。

力の底上げと簡単に言ったが、金も人材も経験も、どれもが圧倒的《あっとうてき》に不足している。

「いや、それはそうであろう。装備と一言でいうが、騎士や冒険者全員に用意するともなれば相当な金がかかってしまう。金の面がクリアできたとしても、素材がなければ作ることもできないし、素材の面がクリアできたとしても装備を作る人材が足りない」

つまり、問題は山積みである。

「そこでだ、装備に関しての解決策を提示しよう」

アタルはカバンから剣《けん》を一本取り出す。

「これは……ただの剣ではないな。熟練の職人が作った武器だ。しかも、強力な魔力が込められている」

バートラムが手に取って鑑定《かんてい》をする。

彼《かれ》は多くの武器を見てきたため、これが相当なものであることを判別することができた。

「これが少なくとも数十、いや数百はあるかもしれないな。防具も同じだけあると思ってくれていいだろう」

アタルがチラリとキャロを見て確認すると、彼女もマジックバッグにしまった装備を思い出しながら何度も頷く。

「これだけの装備があれば、ひとまずの装備に関しては解決できるんじゃないか？　それを全て無償《むしょう》で提供しよう」

アタルとしても、そもそも全てタダで手に入れたものであるため、それを放出することに特に抵抗《ていこう》はなかった。

「う、うむ、それだけの数があればかなり助かる。しかし、いいのかね？　これほどの装備をそれだけの数となればかなりの金額になるが……」

「あぁ、もちろんだ。もう一度言っておくが、金は要《い》らない」

王の質問にアタルが即答《そくとう》する。

「なんという……」

力で国を救い、物資でも国を救う。

これだけのことを一介《いっかい》の冒険者ができるということに、大臣は言葉も出ない。

「それで、この装備は当面の解決策として、次は装備を作るための素材を提供する」

言いながらアタルは青龍の鱗《うろこ》をとりあえず三枚取り出して、一人ずつ渡していく。

「これは……見たこともない素材だ。竜の鱗のようだが、少なくとも私は見たことのない種のもののようだ……」

そこまで言ったところで、レグルスは何かに気づいた。

「これは、もしかして」

「……青龍の？」

大臣もバートラムも同じことに気づいていた。

「その通りだ。これはかなりの強度で、武器にすればかなりのものになると思う。まあ、防具にしても悪くないかもしれないな」

あっさりと言うアタルに対して王たちは緊張していた。

世界でも恐らくこの場にいる人間以外は見たことも聞いたことも手にしたこともない、希少な素材を手の中で扱《あつか》っている。

このように素手《すで》で雑に扱っても本当にいいのか？　と自問自答したくなるものだった。

「それが何百枚とあるから、ある程度は渡すことができるぞ」

王たちは手元にある鱗とアタルの顔を何度か見比べる。

この希少な素材が何百枚とある。

そんなとんでもないことをアタルはさらっと言ってのけた。

「これで当面の装備、そして新しく装備を作るための素材は揃《そろ》っただろ。残りの金は国でなんとか捻出《ねんしゅつ》してもらうしかないな。職人に関しては……心当たりはなくはないが、この国にはいない」

さすがにこれ以上の何かをするのはアタルにも難しい。

「ふむ……職人に関しては、こちらで色々あたってみよう。さすがに全ておんぶにだっこというわけにもいかないからな。大臣、職人の手配を頼《たの》めるか？」

「もちろんです。何人かは候補がいますのでまずはそこからあたってみます。サンプルとしてこの素材を見せれば食いつくはずです。あとは職人たちから知り合いを紹介《しょうかい》してもらうのと、近隣《きんりん》の街にもあたってみます」

大臣は話しながらも、どうやってこの壮大《そうだい》な計画を進めていくかを今のうちから考え始めていた。

「ギルドでも職人に関しては探してみよう」

バートラムもこれだけの装備と素材を前にして気分は高揚《こうよう》しており、ギルドに帰ったらすぐに動こうと考えていた。

「ふう、これで装備面に関してはなんとかなりそうだ。あとは実力の底上げとして、城の騎士と冒険者で合同訓練などを行っていこう」

レグルスは既に基礎的《きそてき》な能力の底上げについて考えているようだ。

「私のほうでも他の国にいる実力のある冒険者を探してみないとだな……」

この国ではフェウダー一強であり、それ以外に頼《たよ》りになる冒険者は現在常駐《じょうちゅう》していない。

それゆえに、バートラムは伝手《つて》を頼って他の場所にいる冒険者を引き入れることを考えていた。

アタルがこれだけの物を用意してくれたとなれば、レグルスたちが動かないという選択《せんたく》肢《し》はなく、どうするのが最も良い方法なのか、考えを巡《めぐ》らせていた。

「まあ、俺からの報告はこんなところ……あとはあれか。次の四神は例の山から見て東の方角にいるらしいから、そっちに向けて旅立つつもりだ」

「――なんと！」

驚いたのはレグルスだった。

アタルたちは強敵と戦い、環境《かんきょう》を変えるほどの結果を残してきたにもかかわらず、既に次を見据《みす》えている。

もう少しゆっくりとしていくものだとばかり思っていたレグルスにとって、彼らの旅立ちは先に延ばして欲《ほ》しいとさえ思うものだった。

「王よ、ここは快く送り出すのが王の器というものだと思われます。そして、今度はこちらから話すことがあるのではありませんか？」

大臣がレグルスの心の内を察して指摘《してき》する。

「うっ、そうだったな……話というのはキャロ、お前の両親のことだ」

アタルたちが旅に出ている間、ただ待っているだけでなく情報集めに奔走《ほんそう》していた。

「……お父さんとお母さんの、ですか？」

急に思ってもいなかった話になったため、キャロはとまどいを覚える。

「うむ、前に話したと思うがここから東に行った場所にある港町で兄さんたちを見かけたという情報があった。私たちはそこから更《さら》に踏み込んだ情報がないかと思い、情報収集をしてみたのだ。すると、それ以降の兄さんたちの足取りについての情報が少しだけだが手に入った」

その言葉にキャロは身を乗り出す。

「東の港町でウサギの獣人が船に乗ったという情報がある。あの街からは二つの場所に船が出ている。一つは北にある大きな港町だ」

レグルスが説明をしているうちに、大臣が地図を用意してそれを見ながらの説明になる。

「その北の街には多種多様な種族が住んでいるため、もしかしたら兄さんたちがそこにいる可能性があるかもしれない」

「お父さんとお母さんがそこにいるかもしれない……」

キャロは両親の影《かげ》が見えてきたことに緊張している。

「それが一つ目の可能性だ。もう一つが海を渡って東に行くとある街だ。その街の周囲には広大な砂地が広がっているという。そちらは不思議な環境でな、夜は凍《こご》えるように寒く、昼間は汗《あせ》が流れるほどに暑い。ゆえに多くの者が昼間は顔が隠《かく》れるほどの布を纏《まと》っていて、素性《すじょう》を知られることも少ないという噂《うわさ》だ。他国の者が来てもそれを追及《ついきゅう》する者はなく、問題を起こした者や、辛《つら》い思いを抱えた者が流れ着くということだ」

地図上でも、広大な砂地が広がっていることを示していた。

「砂漠《さばく》か……」

地球で言う砂漠地帯がこちらの世界にもあるという。

ここまでいくつもの国や場所を旅してきたが、どこも水は潤沢《じゅんたく》にあり、困っている様子はなかった。

しかし、砂漠ともなれば水は少なく、雨も恐らく降ることはほとんどない。

それだけ環境が極端《きょくたん》な場所であれば、宝石竜や他の神などがいる可能性もあると考えられた。

当然四神もそのような場所にいる可能性がある。

「どっちがいいかはなかなか難しいな。青龍が言う朱雀《すざく》の居場所は海の向こうということらしいが、どちらの街も海の向こうだ……」

アタルは腕《うで》を組んで考え込む。

キャロもどちらがいいのかわからないため、何も言えずにいた。

「私のほうからいくつかの追加情報があります。北のほうにある港町ですが、そこの街から少し離《はな》れた場所に炎《ほのお》を生み出す山があるとのことです。『燃える山』と呼ばれていて、そのような場所は我々も他に聞いたことがありません。加えて、その街では天然で熱いお湯が湧《わ》きでていて、薄《うす》めて風呂《ふろ》として使っているらしいです」

それを聞いてアタルが急に立ち上がる。

「温泉があるのか！　それはすごい！」

こちらの世界に来る前、一人暮らしをしていた部屋でも、小さいながらもバスタブに湯を張り、ゆっくりと浸《つ》かって疲労《ひろう》をとっていた。

しかし、こちらに来てから魔法《まほう》などで身体の汚《よご》れをとったり水浴びをしたり、身体を拭《ふ》いたりはしているものの、ゆっくり湯船に浸かる機会はほとんどなかった。

それが温泉街となれば、それを売りにしている宿や店がある可能性が高い。

「いやあ、温泉はいいなあ。どんな効果とかそういうのもあるのかな？」

思わぬ情報に機嫌《きげん》がよくなったアタルはニコニコと温泉に思いを巡らせている。

「おんせん、ですか？　大きなお風呂みたいな感じですかね？」

「そのとおり！　だけど、温泉っていうのはそれだけじゃなくてだな、お湯自体に身体の疲《つか》れをとったり、皮膚《ひふ》を綺麗《きれい》にしたり、髪《かみ》の毛《け》をつやつやにしてくれたりする効果があるのもある。それ以外にも腰痛《ようつう》がある人とか怪我《けが》とかにもいいんだ。いやあ、広い露天風呂《ろてんぶろ》にゆっくり浸かりたいなあ。あー、でもバルとかイフリアは入れないかな？　いや、でも猿《さる》が温泉に入っている映像とかは見たことあるから可能性はあるか……？」

長いこと温泉とは無縁《むえん》の生活をしていたことで、渇望《かつぼう》していた気持ちをまくし立てるように語ったアタルは温泉に思いを馳《は》せて、色々な妄想《もうそう》を繰《く》り広《ひろ》げている。

「そ、そうか。温泉とはそんなにすごいものなのか……一度行ってみたいものだな。大臣、予定は組めるか？」

アタルの説明に心惹《ひ》かれるものがあったレグルスが確認をとる。

「私も行ってみたいですねえ。家族旅行でレユールたちを連れていくのもいいですね。あ、王は無理ですよ。王が動くとなれば仕事の引継《ひきつ》ぎもそうですし、警備態勢も整えないとですし、国の外で万が一何かあれば色々と問題になってしまいますからね」

かくいう大臣も自分がおいそれと国外に旅行に行けるとは思っておらず、夢を語るような表情になっていた。

「くそっ、私も誰《だれ》かに仕事を頼めれば……」

それぞれ立場があり、簡単には国外に出ることは叶わないため、頭を悩《なや》ませている。

「もしかして、その街の周囲では地震《じしん》……地面が揺れたりすることもあるのか？」

アタルは日本で地震が比較的《ひかくてき》日常で起こることがあったのを思い出して質問する。

「あっ、そうです！　頻度《ひんど》はそれほど高くはありませんが、大地が揺れることがあると聞きました」

そう言われて、アタルはニュースで見たことのある火山をいくつか思い出していた。

「なるほど、活火山ということか……だとすると、朱雀がいるのはそちらの可能性が高いかもな。その燃えるという部分は噴火《ふんか》した時のことか、もしくは流れるマグマのことを指しているんだろうな。朱雀の属性は火だからそこをねぐらにしているのは十分考えられることだ。熱も強く、力をたくわえるにはいいのかもしれない。もし違《ちが》ったとしても、今回の雪山のように何か特別な魔物がいるかもしれない……宝石竜とかな」

どちらがいたとしても、アタルたちの目的に合致《がっち》する相手であるため、こちらのほうが間違いないだろうとアタルは判断する。

「だが、キャロの両親を追うとなると、砂漠のほうも可能性は十分ある。なかなか悩ましい問題だな」

これまでの国では情報が少なかったがゆえに、選ぶ道は決まっていた。

しかし、今回は二つの道が提示されていてどちらも多くの可能性をはらんでいる。

「そこでもう一つ情報を追加しましょう」

今度は大臣からの情報提供となる。

「ここから東に行った港町は主に人族が住んでいる街なのですが、同じ街の中に獣人街と呼ばれる場所があります。言葉どおり、そこには獣人が住んでいます。過去にあったトラブルからそこの獣人は外の人間に対して排他的《はいたてき》で、我々であってもそこで情報を得ることはできませんでした。ですが、そこならば……」

「キャロの両親の情報を持っているやつがいるかもしれないということか。だったら、そこでの情報集めが当面の目標だな。情報がなかったら北の街、終わったら砂漠の街に向かうことにしよう」

大臣の言葉を引《ひ》き継《つ》いだアタルは、自ら今後の指針を決めてしまう。

悩んでいても結論が出ないことであるため、とりあえずの判断を下しておくのがいいだろうという考えによるものだ。

「わかりましたっ！」

そんなアタルの決断にキャロは元気よく返事をする。

これまで選択《せんたく》しなければいけない場面は幾度《いくど》もあったが、アタルが判断をして、それについていくことでこれまでいい結果になってきている。

そんなアタルのことを信頼《しんらい》しているキャロに反対する理由はなかった。

「よし、そうと決まったら、今日のところは城に泊《と》まっていってくれ。大臣、みなの部屋の用意を！」

「承知しました！　それでは皆様《みなさま》、失礼します」

大臣は返事をすると、すぐに部屋を出て準備に向かった。

「それでは私も失礼します。今後、どうやって冒険者の強化をしていくか色々と考えなければなりませんので」

続いてバートラムも戻《もど》っていった。

今後宝石竜のような存在がどこに現れるかわからない。

それに対抗する手段を持っておくのは、この国だけでなく他国にも必要となっていく。

またこれらの情報についての連絡を他のギルドマスターにもしておく必要があるため、

早急《さっきゅう》に動いていくこととなる。

一度に二人が部屋を出て行ったことで、室内の温度が少し下がり、一瞬《いっしゅん》の沈黙《ちんもく》が訪《おとず》れる。

「……出発は？」

その答えはわかっていたが、レグルスはあえて確認のために質問する。

「まあ、明日《あした》だな」

これまでのアタルとの会話を考えると、こう答えるのは明白だった。

「ふむ、ならばしばらく会えなくなるな……」

そう言うと、レグルスは寂《さび》しさを覚え、つい姪であるキャロへ名残惜《なごりお》しむように視線を送った。

「叔父様……色々とお世話になりました。この国に来て血のつながった家族に会うことができて、それが叔父様のような優《やさ》しい方で本当によかったですっ！」

姿勢を正したキャロが飛び切りの笑顔で自分の気持ちを素直に伝えると、レグルスは強く胸をうたれ、思わず涙《なみだ》ぐんでしまう。

「ううぅ、私のほうこそキャロのようないい子が姪で本当によかった。色々大変なことがあったというのに、真っすぐ育ってくれた。そして、ここまでキャロを連れてきてくれた君にも感謝する。本当にありがとう」

いろんな思いがこみ上げて胸が熱くなったレグルスは、深々と頭を下げてアタルに礼を言う。

「まあ、キャロが望んだことを叶えてやりたかったからな……あと、礼を言うなら俺からもだ。この国に来てキャロの故郷を探したが、両親に会うことはできなかった。だけど、家族に会うことができたのはあんたが名乗り出てくれたからだ」

ただただ寂しい思いをさせるだけに終わらなかったのは、レグルスが叔父《おじ》であると名乗りを上げて、キャロのことを迎え入《い》れてくれたことが大きかった。

王族の王位継承権《けいしょうけん》についてはいろいろ揉《も》め事《ごと》の種になることもあるため、家族であることを名乗り出るのは悩んだだろうことはアタルにも想像できた。

「いやいや私のほうが……」

「いや、俺のほうが……」

「ふふふっ、うふふっ、二人ともですっ」

互《たが》いに礼を言いあおうとする二人を見て、キャロは笑いがこみあげてくる。

「お二人とも私にとってとても大切な人で、私はお二人にとても感謝していますっ！」

自分が信頼している大好きな二人が自分のことを考えてくれているのは、彼女にとってとてもとても嬉《うれ》しく、心温まるものだった。

「そういえばっ！　アタル様に獣力のことを話してくれたのは叔父様ですよねっ？」

既《すで》に聞いていた情報だったが、改めてレグルスの口から聞きたかった。

「うむ、使えるかどうかわからなかったが、アレを使いこなせればきっと戦いに役立つと思ったのでな……で、それで、あれだ、どうだった？」

自分の助言がどう役に立ったのか、ソワソワした様子でレグルスが尋《たず》ねる。

「とっても役に立ちましたっ！　あの力を知らなければ使えませんでしたし、あれを使うことができたから青龍さんとまともに戦うことができましたっ！」

獣力を引き出した時のことを思い出し、キャロは鼻息荒《あら》く力説する。

あの力を知る前のキャロはどこか自分の力を強くするのに頭打ち感を感じていた。

そんな折にアタルを経由して教えてもらった、獣人だけが持ちうる獣力は彼女にとって衝撃的な情報だった。

山での道中でも自分の中にあるというその力を意識するようにはしていたが、なかなか実用までは至らなかった。

しかし、アタルのピンチという状況《じょうきょう》で力が完全に発動し、そこからは自由自在とまではいかなかったが有効に使うことができていた。

青龍から譲渡《じょうと》された力もあるため、さらに自在に使いこなしていけるようになるのは確実である。

「おぉ、それはよかった！　少しでも力になれればと思って話したのだが、役に立ったのであればそれはまことによかった！」

キャロのテンションに引っ張られたのか、レグルスは立ち上がって大きな声で喜びを表現していた。

「まあ、確かにあれは俺《おれ》もキャロも知らない情報だったし、かなり助かったな。あの瞬間《しゆんかん》、俺への攻撃をキャロが受け止めてくれなかったらかなりやばかった。レグルス王は俺の命の恩人かもしれない」

アタルは淡々と話すが、あの場面で彼は内心焦《あせ》っていた。

キャロがいなければクリティカルヒットの攻撃を受けており、壁の端《はし》まで吹《ふ》き飛《と》ばされていたことは容易に想像ができる。

それがキャロかバルキアスかイフリアであれば、アタルの回復弾《だん》を使うという方法がとれるが、あの弾丸はアタル本人には効果がない。

となると、あそこでキャロが動けず、力に目覚めていなかったら死の危険すらあったと
アタルは自覚している。

「うむうむ！　それならば教えたかいがあったというものだ！　もっと詳《くわ》しい使い方がわ

かればよかったのだが、結果オーライというものだな！　はっはっは」

笑うレグルス。その頬は赤くなっている。

可愛《かわい》い姪と、その恩人であるアタル。

その二人のために、戦いの面でも役に立つことができたことはレグルスにとって誇《ほこ》らしいことであり、また褒《ほ》められたことに照れもあり、それを笑いで誤魔化《ごまか》していた。

そこからしばらくは紅茶を飲みながら談笑《だんしょう》していく。

雑談が途切《とぎ》れたところで、レグルスは改めて今日の話を思い出していた。

「――にしても、神との戦いか……信じられないが、事実なのだな」

改めて口にすると、ありえないことであり、実際に口にしたレグルス自身も実感が湧いていない。

「あぁ、事実だ。さすがに王と大臣とギルドマスターを集めて、あんな話をして、装備と素材まで提供しておきながら冗談《じょうだん》でしたってことはないさ。まあ、冗談だったほうがよかったかもしれないが……」

アタルは眉間《みけん》に皺《しわ》を寄せて難しい表情になっている。

自分たちがチームを組んで、一体を相手にするならば今のままでもなんとかなる。

アタルは玄武の力を持っており、弾丸は種類も豊富で攻撃にも援護《えんご》にも回復にも応用が利《き》く。

キャロは青龍の力に加えて獣力に目覚めた。今回新しく青龍と契約《けいやく》をすることもできた。

バルキアスは本来のポテンシャルに加えて白虎の力がある。

イフリアはサイズが変化でき精霊《せいれい》としての格も高く、なによりアタルとの連携攻撃《れんけいこうげき》であるスピリットバレットが最強の攻撃である。

これだけの力を持つメンバーだからこそ、互いに力を補い合い、強化し合って戦うことができる。

しかし、これだけの力を持つ者が集まるのは稀《まれ》なことだということをアタルも理解しているからこその表情だった。

「アタル殿《どの》、君の心配もわかる。この間のオニキスドラゴンとの戦いで、我《わ》が国《くに》の騎士《きし》と冒険者《ぼうけんしゃ》のレベルを肌《はだ》で感じたからこその表情なのだと思う。この国の周辺では強力な魔物が出ることも少なく、戦争もなく平和な時代を過ごしてきた。そんな平和ボケのような状態が続いてしまったからこその、全体的な質の低下があった。しかし、あのオニキスドラゴンとの戦い以降意識に変化が見られているのだ」

レグルスはそう言うと、カツカツと窓際《まどぎわ》に移動して窓を開け放つ。

「聞いてくれ、この声を！」

窓からは外の新鮮《しんせん》な空気が入ってくる。

それと同時に、活気のある声が飛び込んでくる。

「うおおお！」

「やあああ！」

「まだまだあああ！」

「次こおおおい！」

それは城の騎士たちが訓練している声だった。

「あの日から、こうやって訓練が行われているのだ。もちろん今までも行ってはいた。しかし、それでは足らない。それではオニキスドラゴンはおろか黒竜にも勝てない。そう思った彼らは、単独でドラゴンとやりあえるように、を合言葉に励《はげ》んでいるという」

その声にアタルもキャロも安心感を覚える。

「しかもだ、あれは上の者が指示したのではなく、騎士一人一人の危機感による自発的な行動とのことだ。我が国の騎士も捨てたものではないであろう？　だから君たちは心配しないで旅立つといい」

アタルたちに心配事を残させないようにレグルスは笑顔で言う。

「ははっ、よかった。これだけ前を向いて頑張《がんば》ってくれるなら期待が持てるな」

「はいっ！　冒険者の方々にはバートラムさんが発破をかけるでしょうし、安心ですっ！」

この国の行く末も安心できると二人も笑顔になった。

「他の国にも私の名前で手紙を出しておこう。ちなみに、二人が知っている王族や貴族はいるのかね？　もしいれば、二人の名前を出すことで、より信憑性《しんぴょうせい》が増すのではないかと考えるが……」

そう言われてアタルはこれまでの旅を思い出す。

「えーっと、確かエルフの国の王様とギルドマスターにはあった気がする」

「巨人族《きょじんぞく》の国でも王様に会いましたっ！」

最初に出てきたのが王であったため、聞いているレグルスは面食らう。

「それ以外にも……」

最初に挙げた王二人以降もアタルたちの口からいくつもの国や街の上層部の名前が次々に挙がっていく。

思っていた以上の豪華《ごうか》な面々に、レグルスはメモを取るのが忙《いそが》しくなる。

「とまあ、そんなところか。意外と少ないか？」

「そうですね、思っていたよりあんまりいませんでしたっ」

謙遜《けんそん》ではなく本気で言うアタルたちに、レグルスはやや呆《あき》れ気味《ぎみ》の反応を見せる。

「……いや、一般的《いっぱんてき》な冒険者はそのうちの一人とも会ってないと思うぞ？　いたとしても、ギルドマスター一人に会ったことがある程度だろう。知人、友人レベルになっている者はそれこそSランク冒険者でもないといないであろうな」

苦笑《くしょう》交じりでレグルスがそう言うが、アタルとキャロは事実それだけの人物に会ってきているため、どうもピンとこない様子だった。

「ま、まあいいだろう。そのあたりの面々には二人のことも添《そ》えて連絡《れんらく》するとしよう。これから色々忙しくなりそうだ」

忙しくなるというのに、レグルスの表情は笑顔だった。

これから戦う可能性のある相手のことを考えると、恐れおののいていてもいいくらいだが、アタルたちにかなりの助力をしてもらっている。

これを必ず活《い》かしていこうと、どうすれば活かせるかと、今から楽しみな様子だった。

「俺たちは俺たちで色々とやらないとだから、そっちでも頑張ってくれ」

恐らくアタルたちのほうが危険な敵が相手になる。

しかし、アタルは自分にも仲間にも自信を持っている。

そんな顔をレグルスが見ていることにアタルは気づく。

その目は以前の約束を忘れないでくれという思いをたたえている。

思いは伝わっており、約束のこともしっかり覚えているアタルはコクリと無言で頷《うなず》いた。

今回の戦いではアタルがキャロに守られる側へと回っていた。

しかし、今後キャロがピンチになる場面もやってくるかもしれない。

その時は全力で守り抜《ぬ》くと、アタルは強く心に誓《ちか》っていた。

その後アタルたちは王とともに夕食を食べ、城に一晩泊まっていく。


翌朝、アタルたちの姿は街の東門にあった。

「わざわざこれだけの人が見送りに来てくれるのも驚《おどろ》きだな」

アタルたちが冒険《ぼうけん》に出るのを見送ってくれる人は過去にもいたが、今回はそれらをはるかに上回る人数が集まっている。

レグルス、大臣、バートラムの三人はいつものように変装して来ている。

それ以外にも城の騎士、一緒《いっしょ》にドラゴンと戦った冒険者も来ている。

「アタル、次に会う時には俺もオニキスドラゴンと戦えるだけの力を身につけているからな。そうでもなければドラゴンスレイヤーなどという二つ名は荷が勝ちすぎる」

あの戦いで、キャロたちと協力してやっと黒竜《こくりゅう》を倒《たお》すことができたフェウダーは、そのことを不甲斐《ふがい》ないと思っていた。

そのため、あれから更なる力を身につける必要があると、依頼《いらい》を受ける以外に装備を探したり、修行《しゅぎょう》をしたりと研鑽《けんさん》を積んでいた。

「それは楽しみだ。だが言っておくが、フェウダーが強くなると同時に俺たちも強くなっていくからいつまでたっても追いつけないかもしれないぞ？」

アタルはからかうように言うが、それも事実である。

「言ってろ！　……まあ、楽しみにしているといい。俺も仲間と合流して、色々やっていくつもりだからな。個人として強くなって、パーティとしての力も蓄《たくわ》えるつもりだ」

アタルの言葉は励みになっており、フェウダーの更なるやる気につながっていた。

彼は元々強力なパーティの所属だったが、自分の都合でこの国に来ており、いったんパーティから抜けている。

だが個人プレイでやっていくのには限界があるのだと今回の戦いで思い知らされた。

彼とともに冒険をできるだけあって、仲間もAランクやSランクの冒険者で構成されているため、それだけで修行の幅《はば》も広がっていくだろうことは想像に難《かた》くない。

「それに、ギルマスからここの冒険者の修行も頼まれているからな。あとは騎士たちとの合同訓練とかいうのもあるらしい。色々と修行の幅も広がるから、それだけでも強くなれるはずだ」

人に教えることで自分の復習にもなる──フェウダーはそのことをわかっている。

「そうだな……教えることは確かに自分の成長にも一助になると思う。だが、教えるだけだと誰がお前に教えてくれるんだ？」

「それは……」

ずっと悩んでいた点でもあったため、アタルの質問は、フェウダーの言葉を詰《つ》まらせる。

「同格の仲間ならあるいはいいのかもしれないが、上を目指せよ。じゃあな」

答えを出せずにいるフェウダーにさらりと別れを告げると、アタルは御者台《ぎょしゃだい》へと乗り込む。

「叔父様《おじさま》、私もそろそろ行きますねっ。みなさんも、色々とお世話になりました。また会えるのを楽しみにしていますっ。それじゃ、行ってきますっ！」

キャロはレグルスや集まってくれた人々に大きく頭を下げると、走ってアタルの後を追いかけて馬車に乗り込んでいく。バルキアスとイフリアもそれに続いた。

みんなが手を振《ふ》ってアタルたちの旅立ちを見送っていく。

そして、馬車が動き出してアタルたちが遠ざかっていったところで、何かに気づいた冒険者が思わずそれを口にする。

「──叔父様……？」

「あぁ、それ俺も気になっていたんだ！」

「さっき言っていたよな？　あのキャロって子」

「……王様の姪《めい》ってことか？」

「いや、おじ様ってなんかそういう怪《あや》しい関係なんじゃないか？」

「キャロちゃんがそんないかがわしい関係を持つわけがないだろ！」

「いやあ、最近王様が街に頻繁《ひんぱん》に出てきていたから、もしかして……」

キャロとレグルスのやりとりを聞いていた冒険者は、会話から推察される関係性についって噂しあっている。

しばらくそれが続くが、誰も結論を出せないため、視線は自然と変装しているレグルスへと集中していく。

「い、いや、私は、その！」

思わぬ爆弾《ばくだん》発言をしていったキャロに疑惑の目が向かないようにしなければとレグルスは何を言えばこの場を乗り切れるのかと頭をフル回転させて考えていく。

「……だから、えっと！」

しかし、言葉は出てこず、詰まる一方である。

そこにため息をついた大臣が助《たす》け舟《ぶね》を出す。

「私も、こちらの彼もこの国の一国民です。その彼が知人を見送りに来ただけです。何か聞きたいことでもありますか？」

変装している自分たちは王でも大臣でもなく、あくまで一国民であると大臣が主張する。笑顔《えがお》で質問しているが、大臣の目の奥《おく》は笑っておらず、威圧感《いあつかん》に冒険者たちも気圧《けお》されている。

「あのなあ！　そんなのなんでもいいだろ！　大事なのは、国を救った冒険者たちの旅立ちを見送れたってことだろ！　それと、もうあいつらはいないんだから俺たちが頑張らないと、ってことだ。次の時にあいつらはいないんだからな……」

大きな声で割り込んできたフェウダーの言葉に、冒険者たちは静まり返った。

「落ち込むな！　そんな暇《ひま》があるなら、強くなれ！　俺も強くなる！」

どんと胸を張って前を向くフェウダーの宣言に一瞬静まり返る。

しかし、既に強いフェウダーがまだまだ上を目指して強くなると言ったことは、冒険者だけでなく騎士たちをも鼓舞《こぶ》しており、割れるような歓声《かんせい》が沸《わ》き起こっていた。

第七話　港町と雷獣《らいじゅう》

次の目的地への道中はのんびりとした道のりだった。

基本的に獣人の国周辺の魔物《まもの》は少ない。

それは国が街道《かいどう》を整備し、冒険者ギルドに依頼を出して周辺の治安を守っているためだった。

こういった細やかな気遣《きづか》いも国民から王が支持されている理由の一つである。

「――ということらしいです」

嬉しそうにその話をしたのはキャロだ。

昨夜も叔父であるレグルスと夜遅《よるおそ》くまで互いの話をしていたようだ。

キャロからはアタルとの冒険の話を。

レグルスからはキャロの両親の話、そして統治している国のことを。

その中で今のような話もしていたため、キャロが道中の暇つぶしとしてアタルに語っていた。

「なるほど、それは確かにいい王様かもしれない。上の者だけが利権を得るっていうのは俺がいた場所でもあったみたいだからなあ……というか、他の国もそうだったが、基本的に王様ってみんなこっちに好意的というか、物分かりがいいというか……善人しかいないな」

「そう言われると確かに……みんないい人ばかりですっ！」

キャロもこれまで会ってきた王族を思い出して、ハッとする。

「今はいい時代なのかもな。いや、どこも発展していたからもしかしたら歴代の王も優《ゆう》秀《しゅう》だったのかもしれない」

アタルは改めてこの世界の王たちの優秀さに感心している。

「すごいですねっ。そういえば、今回の誘拐《ゆうかい》団の一件で国に溜《た》まった膿《うみ》を出すことができたと叔父様が嬉しそうに言っていました。今後はああいったことのないように、細かく注意の目を光らせていくとのことでしたっ！」

姪に怖《こわ》い思いをさせてしまったことは、レグルスにとって何よりも辛いことだった。

加えて過去に兄たちがいる村が襲《おそ》われた時にも何もできなかった。

その二つの事実はレグルスの心に暗い影《かげ》を落としており、何よりも優先して解決しなければならないものだった。

「なるほどな……これで少しは気持ちも軽くなるだろ」

アタルはレグルスの気持ちを考えてふっと笑う。

それからも談笑しながらアタルたちは進んでいき、一週間ほど経過したところで目的の港町に到着《とうちゃく》する。

しかし、アタルもキャロも、バルキアスもイフリアも、怪訝《けげん》な表情で街を見ている。

「到着したんだが……どことなく……」

「はい、静かというか、活気がないというか……」

街を見た二人の感想がそれだった。

『なんだか空も暗い気がするね』

『雲が重いな』

バルキアスとイフリアも同じように街に対して暗さを感じている。

実際に街を行きかう人の影もあまりないせいかどんよりとした空気が漂《ただよ》い、明るさはなく、海も時化《しけ》ており、空を黒い雲が覆《おお》っていた。

「まあ、観光にきたわけじゃないから……行くか」

「そう、ですねっ」

雰囲気《ふんいき》にのまれたのか、二人の言葉もどことなく暗さをはらんでいた。

「とりあえず冒険者ギルドに行こう」

情報集めをするのと、久しぶりに一冒険者として依頼《いらい》を受けようとアタルは考えていた。

活気がないとはいえ、街の規模はそれなりに大きく冒険者ギルドも相応のサイズである。

足を踏《ふ》み入れると、視線が集まる。

「なんだかこういうのも久しぶりだな」

ギルドにいる冒険者の数は少なく、入ってきた見慣れないアタルたちが注目されるのは自然な流れだった。

「少し気になりますけど、依頼を見ましょうか」

見てくるだけで、特に何かを言ってくるわけでもないので、アタルたちはそのまま足を止めずに依頼掲示板《けいじばん》へと向かう。

「海が近い場所での依頼っていうのも初めてだな」

「水の中に入ったりするのでしょうか？　お魚を釣《つ》ってくるとか？」

キャロも海辺の街での依頼はどんなものなのかわからず、イメージを口にしながら掲示板を眺《なが》めていく。

「なになに……水鉱石の採掘《さいくつ》。これはこのあたりで採《と》れる特別な鉱石か。それからサハギンの討伐《とうばつ》、魚人タイプの魔物が出るのか。あとは海底調査……いやいや、無理だろ。こんなの魚系の獣人でもないと受けられないんじゃないのか？　さすがに受注可能な人物の範《はん》囲《い》が狭《せま》すぎるだろ」

「うーん、頑張ってたくさん息を吸って潜《もぐ》るんでしょうかね？」

『ぶるぶる』

水の中に潜ったら息ができないと、バルキアスは震《ふる》えている。

『うーむ……』

イフリアも火属性であるため、水の中での活動には抵抗《ていこう》があるようだった。

「これは俺たちには難しい依頼かもしれないな。しかし……なかなか面白《おもしろ》いな。かなりの強敵と戦ってきた俺たちでも諦《あきら》めざるを得ない依頼があるとはなあ」

「ふふっ、こういった条件が厳しいというものもあるんですねっ」

なんだかんだで、たくさんの経験と力を身に付けてきた自分たちが達成不可能と思われる依頼に出くわしたことは、世界の広さを感じさせ、二人はそのことを楽しく思っていた。

「あの、すみません」

すると、アタルたちに声をかけてくる女性がいた。

エルフの色白の女性で、服装はまるで聖職者のようである。

彼女《かのじょ》は美しくなびくストレートの金髪《きんぱつ》に、大人びた優しい微笑《ほほえ》みをたたえている。

「はい、なんでしょうか……？」

アタルが胡散臭《うさんくさ》そうに黙《だま》って女性を見ている横で、キャロが対応していく。

「すみません、みなさんの会話が聞こえてきたのでついつい声をかけてしまいました。海底調査の依頼について話されていましたよね？」

その問いかけにアタルもキャロもとりあえず頷く。

「突然《とつぜん》のお声がけ失礼します。私の名前はセーラと申します。余計なお世話かと思いましたが、海底調査についていくつか方法があるのを知っていますので、よろしければご説明をしようかと……」

セーラはニコリと笑って、決して押《お》しつけにならないように柔《やわ》らかな物腰《ものごし》で提案してくれていた。

「――それじゃ、まあ教えてもらおうかな」

アタルはセーラのことを魔眼《まがん》で確認《かくにん》していくが、怪しい様子は見られず、彼《かれ》自身も気になっていた依頼の話とあって、ひとまず話を聞くことにする。

「はい、承《うけたまわ》りました。海底調査ですが三つほど方法があります。一つ目は魔法で空気の膜《まく》を身体《からだ》に纏《まと》う方法です」

セーラの説明を聞いて、アタルたちは大きなシャボン玉の中に自分たちが入っている姿をイメージする。

「ふふっ、多分みなさんが思《おも》い描《えが》いているので合っていると思いますよ。この方法は魔法《まほう》を使える人がいれば簡単にできるのですが、動きづらいということと継続《けいぞく》時間が短いということが問題ですね。それと外からの衝撃《しょうげき》で膜が破られた時に一気にピンチに陥《おちい》ってしまいます。綺麗な水の中で魚と戯《たわむ》れる程度であれば、この方法は有効だと思われますが、現在の近海の状況はあまり良くないのです……見ておわかりだと思いますが、常にひどく時化ていて波が高く、魔物も活性化しているようなのです」

セーラは悲しそうな表情になる。

本来であれば美しい青い海が広がっていて、外の人間を明るく受け入れている街。

それがいまは正反対の状況であるため、彼女の顔にも影を落としていた。

「もっと美しくて楽しい街なのですが……さて、話を戻しましょう」

セーラは次の方法を説明するために、一度仕切り直して表情も明るいものへと戻す。

「二つ目の方法ですが、こちらは道具を使うというものになります。いわゆる魔道具なのですが水中で呼吸ができるようになる効果を持つものがあります。こちらはいくつか種類があって、一つは先ほど魔法で行っていたことを道具で代用するというもの。デメリットは同じですね。もう一つが口元に魔道具をつけることで水中でも呼吸ができるようにするものなのですが……まあ、高いのです」

そこまで言って、セーラは苦笑する。

「価格か……ちなみに、いくらくらいなんだ？」

金なら持っているため、アタルが試《ため》しにどれほどのものなのかと聞いてみる。

「ええっと、高い物から比較的安価な物まであるのですが、やはりある程度の値段の物でなければ信頼性《しんらいせい》が低くて、となると、これくらいに……」

あまり大きな声で言えないのか、セーラがアタルに値段をそっと耳打ちする。

「あー……まあ、別に買えなくはないが、この依頼のためだけに用意するのはなあ。俺たちはパーティだから四人分は必要になるし」

価格と手に入れたメリットを天秤《てんびん》にかけると、明らかにそこまでの値段だけの価値をアタルは感じられなかった。

「そうですね、価格はもちろんそうなのですが口につける魔道具なので、外すことはできないのと繊細《せんさい》な物であるため、壊《こわ》れやすいというのも問題点だと思います。こちらも水の中で魚と戯れるのには適していると思われます」

「なるほどな……」

アタルは説明を聞きながら、地球でのシュノーケリングを思い出していた。

綺麗《きれい》な海の中で魚と一緒に泳いだり、水の中の景色を楽しんだりというレジャーで、アタルも動画などで見たことがある。

「それはそれでなかなか楽しそうだな。みんなは泳げるのか？」

アタルの質問にキャロ、バルキアス、イフリアは考える。

「えっと、その、泳げるかどうかわからない、です。その、私はそういった経験がないので……」

少し考えたのち、キャロは困ったような表情でそう言った。

彼女は小さい頃《ころ》に誘拐されてしまったため、泳いだことがなく、よくわからなかった。

バルキアスも首を横に振る。

水浴びの経験はあるものの、彼もまだ若いため、同じく経験がない。

イフリアも二人と同様に首を横に振っている。

こちらは空が飛べるため、わざわざ水の中に入るという発想自体がない。

「じゃあ、せっかく海辺の街に来たんだ。波が落ち着いたら俺がみんなに泳ぎを教えて一緒にバカンスっていうのもいいかもしれないな。ここまでずっと戦い尽《づ》くしの冒険だったから、少しは休息も必要だ」

こちらの世界に来てから今日まで、アタルはずっと駆《か》け抜けてきた。

それは、ほぼ最初の頃から一緒に旅をしているキャロにも言えることだった。

「ふふっ、みなさんで遊ばれるのは良いことだと思います。この街もそうですが、何か問題を抱《かか》えている場所は多いので、心からくつろげるのは素敵《すてき》なことです！」

アタルたちの関係性を微笑ましい物だと思ったセーラは手を合わせてニコニコしながら、そんなことを言う。

自分たちのことを肯定《こうてい》されているようで、アタルたちは彼女に良い印象を持ち、警戒心《けいかいしん》も幾分《いくぶん》か薄《うす》らいできている。

それを感じ取っているのか、セーラの笑顔も一層柔らかくなり、続きを口にする。

「それでは次の方法になります。これが最後なのですが、特殊《とくしゅ》な薬を調合するというものですね。エラフィッシュと呼ばれる、取り入れる空気の多い魚のエラ。それから雷獣と呼ばれる魔物の角を粉末にしたもの、最後に空気の実を潰《つぶ》したものを調合します。それを飲むことで水中でも呼吸をすることができます。加えて、水中でも身体を動かしやすくなるというおまけつきなので、これが一番のお薦《すす》めですね！」

セーラが人差し指をたてて茶目《ちゃめ》な笑顔で説明する。

「……それのデメリットは？」

これまでの二つの方法には何かしら問題があった。

ならば、最後のこの方法にも何かしら問題点があるのではないかとアタルは考えていた。

「ふふっ、やっぱりわかりましたか。そうなんです。この方法の問題点は……素材が希少だということです」

「あー、そういう」

さらっと素材が提示されたため、話を聞いている間は気にならなかったが、思い出してみると聞いたこともない素材ばかりだった。

「雷獣の角ってのがなかなかやばそうな気がするな。雷《かみなり》の獣だろ？　雷属性の魔物なんてこれまで戦ったことがないぞ」

「その通りなんです！　雷獣はかなり強力な魔物で、その角となると希少性が高くて市場にはなかなか出回らないんです……とまあ、このあたりが海底調査を行えるようにする方法になりますね。何か他に聞きたいことはありますか？」

ここまでの話を聞く限り、セーラから悪意は感じられず良いエルフだと思われる。

更《さら》に彼女の知識の幅は広く、色々なことを知っているようだった。

「……その聞きたいことというのは、海底調査の件以外でもいいのか？」

アタルたちはこの街に来たばかりで情報を必要としており、伝手《つて》が全くといっていいほどない状況であるため、物知りのセーラからの提案を逃《のが》す手はなかった。

「はい、もちろんです！」

話好きなのか、はたまた説明好きなのかわからないが、セーラはニッコリと笑顔で了《りょう》承《しょう》してくれる。

それを聞いたアタルが仲間に視線を送ると、キャロ、バルキアス、イフリアもセーラから危険性は感じないと小さく頷いている。

「俺たちはこの街に来たばかりだから少し話を聞かせてもらいたいんだが……ここで立ち話もなんだから、どこか静かに話せる場所に移動しないか？」

今はたまたま見かけただけの依頼についての説明だったが、アタルたちが本当に必要としている情報は人前では少し話しづらいものであるための提案である。

「もちろんです！　どこかお店に……みなさんはここに来たばかりと言っていたので、私のほうでお店を決めてもいいですか？」

「あぁ、頼《たの》む」

街のことが全くわからないアタルたちからすれば、それは願ったりかなったりだった。

「お願いしますっ！」

キャロは完全にセーラのことをいい人認定《にんてい》したらしく、笑顔でペコリと頭を下げる。

「うふふっ、可愛らしい方ですね。私のほうこそよろしくお願いしますね。それでは、私の行きつけのお店に案内します」

そう言うとセーラは受付に一瞬《いっしゅん》だけ目配《めくば》せして、建物から出て行く。

街中を歩くセーラは楽しそうに進んでいく。

「……ところで、そろそろ教えてもらいたいんだが、あんたは一体何者なんだ？　普通《ふつう》はあんな風に色々と知っているなんてことはないだろ？　それに見ず知らずの俺たちのためにわざわざ時間を割《さ》いて話をしてくれるなんていうのも普通では考えられないことだ」

セーラにとってのメリットがないため、アタルは改めて確認する。

「うーん、おかしいですかねえ？　可愛らしい見た目に反して強さを秘《ひ》めている獣人の女性。そのお仲間の狼《おおかみ》さん、感じられる力から考えて普通の狼さんではないですね。それに、そちらの小さい竜さんもすごく強い力を秘めています。そんなみなさんをまとめているのが軽装の男性冒険者。それだけで私の好奇心《こうきしん》はすごく刺激《しげき》されていますよ！」

話をうまくはぐらかされたような気もしなくはないが、機嫌《きげん》がよさそうなセーラにそう言われてアタルたちは自分たちを順番に見ていく。

獣力を使うキャロ、神獣《しんじゅう》であり白虎《びゃっこ》の力を使うバルキアス、精霊として格の高いイフリア。今は収納しているが、この世界でたった一人しか使わない銃《じゅう》を持っているアタル。

力がわかる人物であれば、確かにありえないほどの設定が盛りに盛られたパーティである。

「まあ、言われれば」

「そうかも、しれないですっ」

『ガウ』

『ピー』

アタルたちはセーラの言葉に納得《なっとく》させられて、次の言葉が出なかった。

「そういうわけで、みなさんはとても興味深い方々なのです！　さて、そうこうしているうちに到着しました。このお店に入りましょう」

そう言って案内されたのは、ちょっと寄ってみようというような店ではなく、店構えからして高級店であり、ドレスコードを求められそうな雰囲気をにじませている。

「……えっ？」

「ここ、ですか？」

「えっと、ダメでしたか？　とても美味《おい》しいお店で、全《すべ》ての席が個室になっているのでお話をしやすいと思ったのですが……」

アタルとキャロは喫茶店《きっさてん》などをイメージしていたため、まさかこのような場所だと思っておらず戸惑《とまど》いを見せる。

対して、セーラはアタルたちがそんな反応をする理由が全くといっていいほどわからないため小首を傾《かし》げていた。

「――いや、いい店だと思う。入ろう」

高級な店の前で駄弁《だべ》っているのは、いくら人の往来が少ない街だとは言っても余計な注目を集めてしまうため、アタルは店に入ることを選択《せんたく》する。

「はい、それでは行きましょう。このお店の人たちとは仲良くさせていただいていて……あら、ユミナ、今日も綺麗ね」

「これはセーラ様、いつもご利用いただきありがとうございます。それと、お褒めの言葉嬉《うれ》しいです。セーラ様もその美しさは日に日に増しているように思われます」

「うふふっ、ユミナったらお世辞が上手ね。今日はこの方々とお話があるので、奥の部屋を使わせてもらってもいいかしら？」

扉《とびら》を開けてすぐ、誰《だれ》もが目を奪われるような美人の人族の女性が出迎《でむか》える。

二人にとってのいつものやりとりを終えてから、セーラが本題に入ると、ユミナは笑顔で頷いた。

「もちろんです、ご案内しますね。さあみなさんもどうぞ」

ユミナと呼ばれた店員はアタルたちをジロジロとみるような真似《まね》はせずに、すぐに指定の部屋へと案内してくれる。

通路も独特の雰囲気がある店だった。

床《ゆか》にはカーペットのようなものが敷《し》いてあり、足音が響《ひび》かないようになっている。

ユミナたち店員が着ているユニフォームも上下茶系で、帯はそれぞれの店員のカラーのものを身に着けており、服装からも高級感が感じられていた。

店内はセーラが話していたように全個室型のようで、通路には穏《おだ》やかな静けさが漂い、個室内の音は一切《いっさい》聞こえてこなかった。

「こちらになります。御用《ごよう》の際はそちらのベルを鳴らして下さい。それでは失礼します」

指定の部屋へ到着すると、ユミナは慣れた手つきで丁寧《ていねい》にメニューを人数分置き、優雅《ゆうが》に一礼して部屋をあとにした。

「このベルはすごい。押すと各部屋のどこからの連絡かスタッフにわかるようになっているのか。ファミレスによくあるやつに似てる。以前立ち寄った街でも似たようなのがあったが、ここまで精巧《せいこう》なのは初めてだ。魔道具でこれを実現させたのは頭いいな……」

アタルは地球でのツールが魔道具として再現されていることに感動すら覚えていた。

「ふぁ、みれす？　この魔道具のようなものは他でもあるのですね……私が考案者だと思ったのに……」

セーラの声はアタルたちには聞こえないほど小さなものだったが、何やらショックを受けて肩《かた》を落としているのが見て取れる。

「セーラ？」

急な変化にアタルが声をかけるが、セーラはすぐに笑顔に戻《もど》って首を軽く横に振る。

「いえ、すみませんでした。それでは何か注文していきましょう。みなさんも好きに頼んで下さい。店を選んだのは私なのでもちろん支払《しはら》いもこちらが持ちます。えーっと、まずは飲み物から……」

セーラは慣れた手つきでメニューをめくって自分の注文を決めていく。

ここまで来たところで、アタルとキャロはセーラがただ者ではないことに気づいていた。

これまでにも力ある者、立場ある者がアタルたちに興味を示してきたことはあった。

その時と似たようなものを二人は感じ取っている。

それからしばらく値段の載《の》っていないメニューを見て、注文を終えて飲み物が届けられたところで話を再開する。

「それでは、みなさんがお聞きになりたいことにお答えしていきましょう。なんなりとご質問下さい」

すっと姿勢を正したセーラにそう言われて、アタルが代表して質問していく。

「俺《おれ》たちがこの街に来た理由の一つは、あるウサギの獣人についての情報を手に入れるためなんだ。その獣人についての情報を仕入れたい。ただ、かなり昔のことになるかもしれない。船に乗ったかもしれないという情報までは聞いている」

それを聞いたセーラは口元に手をあてて考えこむ。

「そう、ですね。ウサギの獣人の情報はここ数年ではないと思います。少なくとも現在、この街にはいませんね」

この街の変化や人の流入に関してセーラはアンテナを張っているが、ウサギの獣人の情報は聞いたことがないという。

「そして獣人の情報を手に入れるなら、この街にある獣人街という場所に行くといいと聞いた。獣人ならではの情報網《じょうほうもう》なら何かわかるんじゃないかと」

アタルは城で聞いた話から獣人街の名前を出す。

その言葉を聞いた瞬間《しゅんかん》、セーラの眉《まゆ》が一瞬だけピクリと動いた。

「獣人街……なるほど確かにあの場所なら、情報を得やすいかもしれませんが、なかなか難しいかもしれませんね」

この街に住んでいるセーラならではの、獣人街を知っているからこその反応を見せる。

「なにか問題があるのか？」

「そう、ですね。問題というわけではないのですが、この街でもあの場所はちょっとした特別エリアになっていまして……まず、立ち入ることは獣人以外に許されていません。加えて獣人であれば誰でも入れるというものでもなく、許された者だけが入ることができるのです」

これがレグルスの指示下にあっても情報を集めることができなかった理由である。

王族の指示だとしても許可がなければ入ることができない。

「なるほど、それじゃあ次の質問だ。どうすればそこに入れる？」

「獣人街に入る……。となると、まずみなさんの中で入れるのはキャロさんだけになります。アタルさんや他のみなさんは獣人ではないので許可が下りることはありません。そのうえであの場所に入りたいとなると、この街の獣人に頼んで繋《つな》がりを持ってもらうのが一番の近道かもしれませんね」

その話を聞いてアタルは更なる質問をぶつけていく。

「その獣人とはどうやって知り合えばいい？」

この街の獣人と他種族の一般的な交流を知らないため、これを聞かなければならない。

「そう、ですね。方法は恐《おそ》らく三つ。一つはこの街で活動している獣人と合同の依頼を受けて仲良くなることです」

冒険者《ぼうけんしゃ》ならば依頼を通して他の冒険者と仲良くなることはある。

フェウダーと知り合ったことなどは、ここ最近のアタルたちの活動では最もわかりやすい例である。

「さっきの掲示板を見る限りだと、複数パーティで受けるような依頼は見当たらなかったな……もう一度見てみるが、もしその方法がとれない時はどうしたらいい？」

ダメだった場合に、そこで慌《あわ》てることはせずに次の案に移るためには、それを知っておく必要がある。

「二つ目は、獣人が出している依頼を受けるというものになるでしょう。達成した際に繋がりを持てる可能性もあります。そして三つ目はこの街の有力者の後押《あとお》しをもらうというものですね。この街で生活している限り、いくら閉鎖的《へいさてき》な獣人街とは言っても有力者の意見や権限を無視するわけにはいかないのです」

どれも確実といえるものではないため、セーラは少し難しい表情をしている。

「なるほど、確かにそのあたりが可能性の高いところだな。まあ、有力者と繋がるのは難しいから、前の二つを第一案としてやってみよう」

「――失礼します」

アタルが結論を出したところで、ちょうど料理が運び込まれてくる。

「さあ、方向性が決まったところで食事を楽しみましょう！　ここの料理はとても美味しくて、私もちょくちょく通っているんですよ！」

セーラは目の前に並べられた料理を見て目を輝《かがや》かせ、嬉しそうに微笑《ほほえ》む。

どうやらこの時を一番楽しみにしているようだった。

「そういえば、一つ気になっていることがあるんだが、いいか？」

この質問は街のことでも依頼のことでも獣人街のことでもなく、話をしている中で気になったことであるため一応確認をいれる。

「はい、なんでしょうか？　なんなりとお聞き下さい」

セーラはここまで質問を拒否《きょひ》することなく答え続けてきたので、ここでももちろんこのように返事をする。

「――自己紹介《しょうかい》してないのになんで俺とキャロの名前を知っているんだ？　しかもセーラに声をかけられてから今まで、俺たちは一度も名前で呼び合ってない」

この質問を受けたセーラは笑顔のままだったが、その笑顔が固まっていた。

「えーと、その、あれですね。私が声をかける前にお二人が名前を呼び合っているのを聞いていたんです。聞いていたというと聞こえが悪いですね。偶然《ぐうぜん》聞こえてきたんです」

「ふーん？」

さすがに声をかけられる前のことまでは覚えていなかったため、とりあえずそれで納得することにする。

しかし、突っ込まれた側のセーラは終始固まった笑顔のままでおり、食事の味もわからないほどであった。

食事を終えたあとセーラも一緒《いっしょ》に冒険者《ぼうけんしゃ》ギルドに戻ると思っていたが、先ほどの質問が尾《お》を引いているのか憔悴《しょうすい》した表情で別行動をとる。

セーラと別れたアタルたちは早速《さっそく》冒険者ギルドへ戻り、掲示板の前に立っていた。

「……うーむ、やっぱり合同で受けるような依頼《いらい》はないなあ」

「ですねえ、そう都合よくはいかないみたいです……」

二人で穴が開くほど何度も掲示板を見たが、第一案である獣人と合同で受けるという依頼は貼《は》られていない。

「依頼主となるとさすがに書いてないしなあ……」

そんな二人に受付嬢《うけつけじょう》の一人が声をかけてくる。

人族の女性で、紺色《こんいろ》のショートカットの彼女は元気がよさそうな印象を受ける。

「あ、あの、どんな依頼をお探しなのでしょうか？」

二人が掲示板の前に来てからゆうに一時間を超《こ》えていた。

さすがにそれだけの間、依頼を見ている冒険者は通常いないので、見かねて声をかけてきたようだ。

「あー、悪いな。だいぶ長いこと見ていたからな」

「すみませんでしたっ」

アタルとキャロは自分たちが邪魔《じゃま》をしていたかと考えて謝罪をする。

「いえいえ、今日も冒険者の方は少ないのでそれは大丈夫《だいじょうぶ》なのですが……何か目的があって依頼を探されているのかなと思いまして。聞かせていただければ、こちらで掲示板に載っていない情報や条件に合わせたものを見つけることも可能ですよ！」

いいタイミングで提案してくれたと、アタルとキャロは顔を見合わせて頷《うなず》きあう。

「じゃあ、聞きたいんだが、この街に住む獣人が出している依頼、もしくはこの街の有力者が出している依頼はないか？」

そのどちらかの条件に当てはまる依頼を達成することで、繋がりを作ろうとアタルは考えている。

「獣人か有力者の方が出している依頼、ですか……少々お待ち下さい」

一瞬考え込んだのち、受付嬢はすぐにカウンターの向こう側へと移動し、現在ギルドで受注している依頼を確認していく。

「……あー、ありますね。依頼主が誰なのかはさすがに明かせませんが、あります」

「誰なのかは言えないとして、どの依頼なのかを聞くことは？」

依頼は数多くあるため、そのうちのどれかは言えないと言われてはなかなかに絶望的である。

「海底調査の依頼がそれにあたるのですが、この依頼は海底で活動できる方限定になっているんです」

海底調査を行う方法に関してはセーラから聞いている。

彼女の話から考えて三つ目の特別な薬を用意するのが一番だということはわかっていた。

「魔法も魔道具も使いづらいことを考えると、やはり薬を準備するしかないか……」

「あ、ご存じなんですね。えっと、エラフィッシュは一般的《いっぱんてき》に流通しているのですぐに手に入ります。空気の実もこの周辺で採れますし、今は海に行く人が少ないので在庫も色々な場所で余っていると思います」

受付嬢は簡単に手に入る素材の説明をしていくが、やはりそこには雷獣の角は出てこない。

「つまり……雷獣の角がネックということか。ちなみに、その雷獣がどこにいるのかという情報があったりとかは？」

アタルが質問すると受付嬢はニコリと笑う。

「なんとなんと、そんなみなさんに朗報《ろうほう》です！　この近くに雷獣《らいじゅう》が生息する場所があるのです！」

雷獣はおそらく危険性が高いと思われるが、海底調査のためにはどうしても角が必要になる。

「仕方ない。行ってくるから情報を教えてもらえるか？」

「もちろんです！」

受付嬢から雷獣の特徴《とくちょう》や生息場所の情報を教えてもらう。

いるのは南にあるザイン山という場所であり、常に雷《かみなり》が鳴《な》り響《ひび》いているところらしい。

今回目的とする雷獣はそのように落雷《らくらい》の多い地域に生息する。

彼らが近くにいる時は常に落雷があるというのが特徴だ。

そして雷獣は名前に雷を冠《かん》するとおり、様々な雷属性の攻撃《こうげき》をしてくる。

「なるほど、ということは耐《たい》雷装備が必要になるか。今日は時間も遅《おそ》いからそろそろ宿をとって、明日出発しよう」

「了解《りょうかい》しましたっ！」

窓から外を見ると既《すで》に日が落ちてきていた。

「よろしくお願いします！」

アタルとキャロが予定を話していると、受付嬢が頭を下げてくる。

なぜここまで協力的になっているのかアタルが首を傾げ、不思議そうな表情で受付嬢の顔を見る。

「え、えっと、そのですね、雷獣は危険な魔物《まもの》なので、万が一を考えて、一般《いっぱん》の方が山に行った場合のことを考えて提案させていただきました！」

「その落雷の多い危ない山に一般の方が行くのですか？」

しどろもどろになりながら言い訳のようにまくし立てる受付嬢に対し、キャロは純粋《じゅんすい》な疑問が浮《う》かんだ。

「そ、それはですね、あれです！　だから、万が一です！　万が一の可能性はギルドとしては考えておかないとなのです！　その危険性が排除《はいじょ》されるのはすごく助かるんです！」

先ほどまでとは明らかに受付嬢の様子が違《ちが》い、動揺《どうよう》しており、自分でも何を言っているのかわからなくなってきているようだ。

「すみませぇん、この子ぉ、まだ新人なのでわからないことが多いんですぅ」

そこに助《たす》け舟《ぶね》を出したのは、牛の獣人で胸がありえないほどに大きいサイズの受付嬢だった。ふわふわのピンク色のロングヘアをもつ彼女は色気を強く放っている。

「あ、あぁ、そうなのか」

これまで会って来た女性の中でも群を抜《ぬ》いて酔《よ》いそうなほどの色気を振《ふ》りまく女性を目の前にしたため、さすがのアタルも気圧《けお》されて動揺している。

「雷獣を倒《たお》してくれるとぉ、薬がつくれるのでぇ、海底調査ができるんですぅ。海底調査はぁ、ギルドの中でもぅ、どうしても解決したい依頼なんですぅ」

まったりとした口調でアタルへ絡《から》みつくように身体《からだ》を寄せながら彼女は説明していく。

アタルの右腕《みぎうで》は彼女の胸にすっぽりと埋《う》もれていた。

「わ、わかりましたっ！　わかりましたから、もう出発しましょうっ！」

その光景を見ていたくなかったキャロが無理やりアタルを彼女から引きはがすと頬を膨《ふく》らませて自分のほうに引っ張り、左腕に自分の胸に押しつけている。

「あらあらぁ、お嬢《じょう》さんのぅ、大事な人なのねぇ。うふふぅ」

口元に人差し指をあてながら微笑み交じりにそう言う彼女はやはり誰から見ても色っぽい様子であり、少ないながらもギルドに来ている冒険者たちは魅了《みりょう》されていた。

「アタル様っ、行きますよっ！」

「お、おう」

キャロは不満げにそのまま頬を膨らませたまま、アタルのことを引きずって冒険者ギル

ドから出て行った。

「もう、アタル様っ！　他の女性に目移りして鼻の下を伸《の》ばさないで下さいっ！」

「お、おう」

アタル自身は鼻の下を伸ばしているつもりはなかったが、キャロの剣幕《けんまく》に圧されて思わず返事をしてしまう。

「さあ、宿を探しに行きましょうっ！」

アタルの反応を見て、強引《ごういん》な行動に出てしまったことと、主人と慕《した》うアタルに強く言ってしまったことに気づいたキャロは顔を赤くしながら先頭をずんずん進んでいく。

これは彼女なりの照《て》れ隠《かく》しだった。

近くにあった宿に到着《とうちゃく》したアタルたちだったが、ここで思わぬ問題に直面することとなった。

「――あ、あの、その狼と竜は噛《か》みついたり暴れたりしないですか？」

宿の女将《おかみ》がバルキアスとイフリアが危険ではないかと、おどおどしながら質問してきた。

契約《けいやく》していて明確な意思を持つバルキアスとイフリアはアタルたちにとっては大事な仲間であるため、すっかり忘れていたが、周囲から見れば魔物を連れていると映ってしまう。

「バ、バル君もイフリアさんも安全ですっ！　絶対に何か変なことをしたりしないので安心して下さいっ！」

キャロが必死に説明しながらバルキアスの頭を撫《な》でて、子竜サイズのイフリアを抱《だ》きしめて見せる。

「ほ、本当ですか？」

女将は念押《ねんお》しするようにこのメンバーの中で年長者であるアタルにも確認してきたため、彼は静かに頷く。

「そ、そうですか……あの、それじゃあ」

そこまで確認するとようやく女将が落ち着いたため、宿泊《しゅくはく》の手続きをと話が進むと思ったが、その視線は未《いま》だにバルキアスとイフリアに釘付《くぎづ》けになっている。

「っ――さ、触《さわ》ってもいいでしょうか！　その、そちらのお嬢さんのようにそちらの狼さんと竜さんに触ってもいいでしょうか！」

安全だとわかった途端《とたん》、女将の可愛《かわい》いものが大好きな気持ちが抑《おさ》えられなくなったがゆえの言葉が口をついて出た。

「あ、あぁ、構わないが……」

キャロと同じ程度なら問題ないだろうとアタルが返事をし、もちろんバルキアスとイフリアも状況《じょうきょう》を理解して、それで宿に泊《と》まれるならとされるがままになる。

「か、可愛いっ！　はぁはぁ！」

許可が下りたことでカウンターから飛び出してきた女将が鼻息荒《あら》く、二人を可愛がる。

「うちの妻が申し訳ありません……可愛いものに目がなくて。失礼をしておりますので、宿泊料金は無料にします」

「……えっ？」

女将の暴走ぶりに戸惑うアタルたちの後ろから声をかけてきたのは、困ったような表情を浮かべたこの宿の主人だった。

「なので、もう少しだけ、もう少しだけでいいのであのままにしてやって下さい。普段《ふだん》から宿の業務があるため、動物を見に連れて行ってやれていないのです」

主人は何度も申し訳なさそうに頭を下げながらアタルに懇願《こんがん》している。

「あー、まあ、少しくらいなら。危害を加えているわけでもないし、可愛がるといっても力の加減はしているみたいだからな。ただ、無制限というわけにもいかないから、ある程度でなんとか収めてくれ」

あまりに過剰《かじょう》になるようであれば、それは二人のストレスにもなるため避《さ》けたいところであった。

「それは承知しています！　ありがとうございます！」

それから五分程度女将の可愛がりタイムが続くが、終わった後には恍惚《こうこつ》の表情を浮かべた女将が仕事に戻っていった。

ちなみに、この日の夕食はアタルたちだけ特別待遇《たいぐう》となり、まるで宴《うたげ》が開かれたかのような豪華《ごうか》な食事が用意された。

『なんか大変だったけど、ごはん美味しいからいいかな！』

『うむ、この肉は美味《うま》いな！』

今日初めて会った女将に愛《め》でられ尽くして散々な目にあったと思っていたバルキアスとイフリアだったが、食事の美味さで全てが吹《ふ》き飛《と》んでいた。


翌日、アタルたちは街で耐雷装備を購入《こうにゅう》すべく店を探した。

南にザイン山があるからなのか、耐雷装備は一般的に売られており、アタルとキャロは耐雷能力のあるマントをチョイスして購入することとなる。

イフリアとバルキアスはそれぞれ本人からの申《もう》し出で、装備はいらないとのことで特に対策は取らずに出発した。

山では事前に聞いていたとおり空に浮かぶどんよりとした黒い雲がゴロゴロと鳴っており、いつ雷が落ちてきても不思議ではない状況である。

道中では特に魔物が出てくることはなく、すんなりと山頂まで到着することができた。

しかし、雷獣がいるという山頂に来た途端、空気が変わった。

恐れていた雷がいくつも普通に地面に向かって落ちている。

その中央には恐らく雷獣だと思われる魔物がいる。

馬を大きくしたような身体で皮膚《ひふ》は青みがかった白色。

その身体に落雷を纏《まと》っているのか、たまに放電するようにパチパチと光っていた。

頭部には角が左右に一本ずつ生えているが、その形は特徴的《とくちょうてき》でまるで雷を模したかのようにジグザグな形状である。

「あの角が薬の材料になるんだな……」

アタルたちが雷獣を視認《しにん》しているのと同時に、雷獣もアタルたちのことを視認していた。

「まずは、これをっと！」

アタルはマジックバッグから取り出した金属の棒を放《ほう》り投《な》げていく。

それは投擲《とうてき》されると地面に突《つ》き刺《さ》さり、収納されていた金属の棒が天に伸びる。

それが雷を誘導《ゆうどう》する避雷針《ひらいしん》として作用するようだった。

これはマントを買った店で教えてもらった方法で、少なくとも空からの雷に関してはこれで回避《かいひ》することができるとのことだ。

金属の棒は魔力《まりょく》を帯びており、空からの雷を誘導し、そして吸収することができる。

「あとは、雷獣の攻撃と落雷に関しては事前に打ち合わせしたとおりにいくぞ！」

アタルのこの言葉が戦闘《せんとう》開始の合図になり、四人は一斉《いっせい》に動き出す。

キャロとバルキアスが素早《すばや》い動きで雷獣へと向かって行く。

イフリアは子竜サイズのまま低空を飛んで死角へと移動していく。

キャロの剣技《けんぎ》、バルキアスの爪《つめ》による攻撃が加えられていくが、それを雷獣は雷による攻撃によって弾《はじ》き飛ばし、なんとか対応していく。

一方でアタルはといえば、離《はな》れた場所でライフルを構えていた。

「雷多すぎだろ……」

うんざりしたように呟《つぶや》きながらも弾丸《だんがん》を空中に放っていく。

避雷針を用意しているとはいえ、全ての落雷を回避することはできない。

それを防ぐためにアタルが魔眼を使用して弾丸を放っていた。

弾丸は落雷を完全に防ぎ、キャロたちを戦いに専念させる。

状況は圧倒的《あっとうてき》にアタルたちに有利になっていた。

その時、ドカアアアンという大きな音とともに、これまでで最大の雷が広場に落ちた。

幸い雷が誰かに命中することはなかったが、アタルですら気づかない大きな雷。

そのことに誰もが驚《おどろ》く。

空からの雷を全て網羅《もうら》していた。

にもかかわらず、再び大きな雷は落ちてくる。

「こいつは……本物の登場といったところか」

ひときわ大きな雷とともに、キャロたちが戦っている雷獣をはるかに上回るサイズの雷獣が姿を現した。

こちらは我が子《わこ》がピンチになったため、現れた親の雷獣のようだ。

先ほどの数回の落雷も、子を助けるために親雷獣が直接放ったものだった。

この場は雷が落ち、雷獣も雷を打ち出していて魔素が乱れている。

ゆえにアタルたちの誰もが親雷獣の存在に気づくことができなかった。

『あちらの大きいほうは我が相手する！』

イフリアはサイズを大きくすると、そのまま親雷獣につかみかかる。

「くそっ、雷が読み切れない！」

親雷獣の登場は更にこの場の魔素を乱して、今まで魔眼で確認《かくにん》できていた雷の動きを見《み》極《きわ》めることが難しくなっている。

しかし、この状況は悪いことばかりではなかった。

子雷獣は親雷獣が現れたことで、そちらを向いてしまい自ら隙《すき》を作ることとなる。

「今だ！」

アタルは耐雷《たいらい》の魔法弾《まほうだん》を三人に撃《う》ち込んでいく。

キャロはマントを身に着けているため、弾丸の強化と合わせれば多少は雷を防ぐことができる。

ゆえに雷を気にすることなく、大胆《だいたん》な攻撃《こうげき》に移ることができた。

「てやあああああ！」

キャロは声を上げることで、雷獣たちの視線を自分に集めさせる。

加えて、剣《けん》による攻撃を見せ技《わざ》としてあえて注目させていた。

しかし、本命の攻撃は剣によるものではなく、強い脚力《きゃくりょく》で蹴《け》りを入れることだった。

左の前足を思い切り蹴り飛ばされた子雷獣はバランスを崩《くず》して膝《ひざ》をつく。

それを確認したキャロは後方に跳《と》んで大きく距離《きょり》をとった。

次はバルキアスが攻撃に移る。

それを子雷獣は予測して、膝をつきながらも雷をバルキアスに向けて放つ。

『アオオオオオオン！』

しかし、フェンリルは雷耐性があり、それがアタルによって強化されたことで、子雷獣の放つ雷を弾き飛ばした。

バルキアスの体当たりは子雷獣に直撃して吹き飛ばし、子雷獣はそのまま意識を失う。

あとはイフリアが親雷獣を倒すだけだった。

「GRAAAAAAAAAA！」

子どもが倒されたことを見ていた親雷獣は、怒《いか》りで全力の雷をイフリアに撃ち込む。

その攻撃は空の雲からも雷を呼び起こして、それらはイフリアに命中している。

『う、うぐぐ……』

耐雷の弾丸を受けているとはいえ、イフリア自身は雷耐性を持っておらず、気絶してしまった。

「イフリア！」

それを見ていたアタルが声に魔力を込めてイフリアの名前を叫《さけ》んだ。

更《さら》には自分とイフリアの契約による繋がりを強く意識して、そちらからもイフリアに呼びかけていた。

「GRAAAAAA！」

しかし、いまだ気絶するイフリアへの親雷獣の雷攻撃は続いていく。

『はっ！　ぬおおおおおお！』

それが命中する寸前でイフリアは目を覚まし、全力で炎《ほのお》を身に纏った。

イフリアは炎の障壁《しょうへき》でなんとか雷を防いでいく。

ただの炎であれば雷を防ぐことは叶《かな》わなかったが、イフリアの炎は魔力で作り出した強力な障壁であるため、完全に防ぐことができた。

『うおおおおおお！』

イフリアが更に炎を強くすると、雷獣は炎と熱に圧されて一歩二歩後ろに下がった。

このタイミングを逃《のが》してなるものかと、イフリアは踏《ふ》み込んで距離を詰《つ》め、拳《こぶし》に炎を纏わせて、思い切り雷獣を殴《なぐ》りつけた。

全力の一撃《いちげき》は雷獣を吹き飛ばし、一度、二度、三度地面をバウンドしてそのまま気絶させていく。

「ふう、なかなか強い相手だったな。イフリア、親子両方ともこっちに運んでくれ。さすがにこの雷の中で何かするのはきつい」

『承知した』

アタルの指示を受けて、イフリアが雷獣二体を広場の手前、雷が落ちてこない安全な場所へと移動させていく。

「アタル様、どうされるのですか？」

キャロは雷獣を殺すのか、そうしないのかを尋《たず》ねている。

その表情は悲しそうなものである。

戦闘した相手ではあるが、彼《かれ》らは自分たちがここにやってきたから戦うことになった。

ここに来た理由も角を手に入れたいというアタルたちの都合によるものである。

更に言うと彼女《かのじょ》自身が誘拐《ゆうかい》されたことで両親と引《ひ》き離されてしまい、今もどこにいるのかわからない状況だ。

魔物とはいえ親子で仲良く過ごしている雷獣たちを殺すのは心が痛むことだった。

「あー、いやさすがに殺す必要はないだろ。戦ってわかったが、戦いを挑《いど》まなければ俺たちに敵対することもなかっただろうし、親雷獣も怒ることはなかっただろう。目覚めたら角の欠片《かけら》でも譲《ゆず》ってもらえるよう話してみよう」

それを聞いたキャロはぱあっと明るい表情になっていた。

「アタル様っ！　やっぱりアタル様はさすがですっ！」

むやみに命を奪《うば》わない。そんなアタルのことをキャロは誇《ほこ》らしく思っていた。

「ははっ、そんなこともないさ。それより、こいつらが目覚めるまで少し休憩《きゅうけい》しよう」

「はいっ！」

『うん！　お腹空《なかす》いたー！』

『うむ、何か食べたいものだな』

特殊《とくしゅ》な環境下《かんきょうか》での戦いは神経をすり減らし、集中した戦いは脳を使うため、全員が腹を空かせていた。

「わかった、少し何か食べることにしよう」

それから雷獣たちが自然に目覚めるまでアタルたちはゆっくりと休憩する。


「……ガウ？」

先に目覚めたのは子雷獣。

きょろきょろとあたりを見回し、すぐそばにいた親雷獣の近くにすり寄る。

「ガウ……ガルルル！」

その感触《かんしょく》ですぐに親雷獣も目を覚まし、子雷獣を自分の後ろに隠すようにしてアタルたちから距離をとりつつ、警戒《けいかい》するように唸《うな》った。

「あー、まあ警戒するのはわかるが少し話をさせてくれないか？」

アタルが声をかけるが、親雷獣は睨《にら》みつけるばかりで警戒を解かない。

「まあ、その反応は理解できるからいい。そのままで聞いてくれ」

雷獣親子が目を覚ますまでにアタルは武器をしまっており、手ぶらの状態で座《すわ》ったたまま、距離は詰めずに彼らへ語りかけていく。

「のんびり暮らしているところに急に現れ、戦いを挑んできた俺たちに、怒りを覚えるのはわかる。危険な存在だと認識《にんしき》するのもわかる。だからまずは謝罪しよう。いきなり戦うことになってすまなかった」

アタルが頭を下げると、キャロ、バルキアス、イフリアも続いて頭を下げる。

敵意がないことは雷獣たちにも徐々《じょじょ》に伝わっていき、完全にではないが警戒心《けいかいしん》は少し緩和《かんわ》されていく。

「俺たちの目的はそのお前たちの角にあるんだ。お前たちには迷惑《めいわく》かもしれないが、とある薬を作るために必要でな。欠片を少しわけてもらうだけでいいんだ。譲ってもらうことはできないか？　頼《たの》む」

再びアタルは頭を下げて、角の一部をわけてほしいと頼んだ。

親雷獣は言葉を理解しており、そして今の状況について考えていく。

普通《ふつう》に考えれば雷獣たちが気絶している間に無理やり角を折ることも、削《けず》り取《と》ることも、命を奪うこともできたが、アタルたちは対話という方法を選び、今も頭を下げて頼んできている。

勝った側であれば、一方的に角を寄越《よこ》せと要求することができるにもかかわらず、この選択《せんたく》をしたアタルの気持ちについての理解をしようとしていく。

「……ガウ」

しばらく考え込んだ親雷獣は一言だけ口にすると、ゆっくりと移動していく。

どういう意図があるのかわからないため、アタルたちはただただ見守ることにしていた。

近くの地面に埋まっている大きな岩、その前に移動したところで親雷獣は足を止める。

「⁉」

次の行動にアタルとキャロは驚いて目を見開き、口をポカンと開けることになる。

親雷獣は角を岩に思いきりぶつけて、パキーンという音とともに自分で角をへし折った。

しかも左右の二本を。

「おい！」

慌てたようにアタルが声を荒らげて親雷獣のもとへと駆《か》け寄《よ》っていく。

「なんでこんなことを？　角は少しだけもらえればいいんだ、少しだけ削り取らせてもらえればよかったんだぞ？」

「ガウ」

心配しているアタルの気持ちを感じ取ったのか、親雷獣はわかっていると頷く。

それでも角を渡《わた》そうと判断したのは、親雷獣なりの感謝の思いだった。

弱肉強食の世界で生きてきた魔物ならば、負けた者が搾取《さくしゅ》されるのは当然のことだと理解している。

それは角や自らの命だけでなく、子どもの命ですらその考えに当てはまる。

しかし、大事な子どもの命も自らの命も奪わないという選択をしてくれたアタルにどうしても報《むく》いたいと思った結果がこの行動だった。

「……わかった、角はありがたくもらっていく。ただ、その怪我《けが》だけは治させてくれ」

無理やりたたきつけて折った角は乱暴に根元近くから折れており、その場所から血が染《し》み出《だ》している。

これをそのまま放置するのはアタルも承服しかねることであった。

「ガウ」

雷獣は再び頷く。

忠誠《ちゅうせい》とまではいかないが、アタルが望むことに反対するつもりはなく、思いに応《こた》えたいと考えていた。

「それじゃ動くなよ。これは攻撃じゃないからな」

そう言って、アタルはライフルの銃口《じゅうこう》を親雷獣に向ける。

「ガウガウ！」

先ほどまで戦っていた武器だと気づいた子雷獣は親が攻撃されると思い、アタルに向かって吠《ほ》えるように必死に声をあげた。

「ガウ」

だが大丈夫だと親雷獣が一つ鳴くと子雷獣も静かになる。

親雷獣はアタルのことを信頼《しんらい》しており、それは子雷獣にも伝わっていた。

「助かる……それじゃいくぞ」

引き金を引き、強治癒弾《ちゆだん》が親雷獣の身体に撃ち込まれた。

その瞬間《しゅんかん》、親雷獣の身体は光《ひか》り輝《かがや》いて、みるみるうちに身体が治っていく。

「やっぱり、ここまで治ったか。よかった」

キャロを治療《ちりょう》した時にも使った強治癒弾。

それは大きな怪我はもちろん、損傷部分まで修復することができる。

ゆえに親雷獣の大きな角までも修復されて元の状態に戻《もど》っていた。

「ガウガーウ！」

自分の身体に起きた変化に驚き、そして痛みもなく元通りになった角に気づくと親雷獣は喜んでアタルに顔をすり寄せてくる。

「ははっ、意外と顔はすべすべなんだな。ところで、環境的《かんきょうてき》にはこの山じゃないと生きていけないのか？」

くすぐったさに笑いながら問いかけるアタルに、親雷獣は首を横に振る。

ここは雷が落ちる場所であるから過ごしやすく、戦う際に力を発揮しやすいというメリットはあったものの、ほかの場所でも十分に生きていくことはできる。

『恐《おそ》らくは精霊《せいれい》が自らの属性に合った場所だと力を得やすいのと同じであろう。雷獣はこのように雷が頻繁《ひんぱん》に落ちるような場所だと環境からも良い影響《えいきょう》を受けやすいのだ』

アタルにわかる言葉で話すことができない雷獣。

その言葉をイフリアが代弁してくれる。

自分と同じようにアタルのことを気にいった雷獣に、共感できる思いがあったため、気持ちを代理で伝えてあげようとしてくれていた。

「なるほどな……いや、なぜそんなことを聞いたかというと、もっと人里から離れた場所に移動してみるのはどうかと思ったんだ。ここみたいに雷と雷獣なんていうわかりやすい場所だと、今後も狙《ねら》われる可能性が高いぞ――お前らの角はレアアイテムらしいからな」

アタルの言葉を聞いて、親雷獣は何か考え込んでいる。

『ふむ、恐らくこの環境は子どもを育てるのに適しているのだと思われる。精霊も同じだが、生まれたばかりの精霊は適した環境から力を得て強く成長することができる。それを子雷獣にも施《ほどこ》そうとしているのだと思われる』

これまたイフリアが説明をしてくれる。

「そういうことか……。だったら俺《おれ》のほうで一芝居《ひとしばい》うつか。ここには近寄らないほうがいいような話をしておくから、しばらくは大丈夫なように手を打とう。ただ、あいつが大きくなったらこの場所から移動することをお勧《すす》めする」

「ガウ！」

アタルの助言に親雷獣は頷き、子雷獣のもとへと移動すると優《やさ》しい表情で見つめている。

子雷獣のほうは人の言葉はわからないようだが、親雷獣に頬をすり寄せて仲睦《むつ》まじい姿を見せていた。

「さて、俺たちはそろそろ街に戻ろうか。ここに来たのは次の依頼を受けるための過程だから、まだ何も達成してないんだよなあ……」

依頼を受けてはおらず、次の依頼を受ける条件を満たすための行動であり、まだまだ本来の目的達成までは遠かった。

「もう少しだけ頑張《がんば》りましょう！　獣人街に行けるようにするのもそうですけど、その前に海底で行動するというのがすごく楽しみですっ！」

色々な国に行き、色々な魔物と戦ってきた。

経験値は高いが海底というありえない環境下で行う依頼は初めてであり、キャロの心をワクワクさせていた。

「海の中っていうのは確かに面白《おもしろ》そうだな。海底で呼吸ができるようになるということは、もしかしたら動きも水の影響を受けづらいとかあるのかもしれない」

薬を飲むとどんな効果があるのか、詳細《しょうさい》な説明は聞いていないため、アタルも今から楽しい気持ちでいっぱいになっていく。

「なんにせよ、戻って色々聞いてみる必要があるな。依頼をした人物が誰《だれ》なのかもわかっていないから、本当に海底調査に行って次につながるかも見極めたい」

改めて考えてみるが、海底調査などという依頼を出す獣人というのはイメージしづらかった。

たとえ有力者だとしても、そんな人物が獣人街に入れるようにお膳立《ぜんだ》てをしてくれるかどうかはわからない。

「うーん、どうしましょう。もしダメだったら雷獣さんの角も無駄《むだ》になってしまいますっ」

「大丈夫だ。先にある程度確認しておくことで、いけるかいけないかを判断しよう。ダメだった場合は、この角を交渉《こうしょう》材料に使えばいいさ」

アタルには誰だかわからない有力者と交渉するビジョンが見えている。

「さすがアタル様ですっ！　それがないと海底調査が難しいのであれば、依頼主《いらいぬし》さんにとって必要な物になりますねっ！」

依頼を受けて達成することで全《すべ》てが解決すればいいが、そうならない場合の手段もアタルは既に考えている。

「よし、それじゃ帰るぞ！」

「はいっ！」

『うん！』

『うむ』

アタルたちが山を下りようと雷獣たちに背を向ける。

「ガウガウガーウ」

「ガウ！」

雷獣親子は感謝の気持ちを込めてアタルたちに声をかける。

それに対してアタルは振り返《かえ》らず、軽く手を挙げてそのまま戻って行った。

街に戻ったアタルたちはその足で真っすぐ冒険者《ぼうけんしゃ》ギルドへと向かうことにする。

そこで思ってもみない光景に出くわした。

「……あれ？」

「なんでここに？」

アタルとキャロは受付の向こう側を見て驚いている。

「みなさんお帰りなさい。その様子ですと雷獣の角は手に入ったようですね。さすがです」

そう穏《おだ》やかな笑顔《えがお》で声をかけてきたのはセーラだった。

彼女はこれまで自分が何者なのか口にすることはなかったが、これで完全にギルドの関係者であることが判明した。

「ちゃんと自己紹介《しょうかい》をしていませんでしたね。私は当ギルドのギルドマスターをしているセーラと申します」

そしてセーラは立ち上がると優雅《ゆうが》な一礼をしてニコリと笑った。

「あー、そういうことか……」

「まさかのギルドマスターさんでしたっ」

金持ちの世間知らずとは感じていたが、まさか冒険者ギルドのマスターとは思っておらず、アタルとキャロは驚いていた。

「さて、それでは色々とお話をしたいので、私の部屋に向かいましょうか。どうぞそちらから回って入ってきて下さい」

「……行くか」

「ですねっ」

アタルたち四人は、注目を浴びているのを感じながら招かれるままにカウンターの中に入って、セーラのあとについていく。

受付嬢《うけつけじょう》たちの視線は興味津々《きょうみしんしん》という種のものではなく、「わかっています。頑張って下さいね」といった、既にアタルたちのことを理解しているかのようなものであった。

セーラがアタルたちの名前を知っていたことも、受付嬢たちがアタルたちのことを知っているのも、恐らく大元の理由は同じであることは予想できたが、それがなんなのかはわからないままギルドマスタールームへと入っていく。

「みなさん、雷獣の角の入手……お疲《つか》れ様《さま》でした」

部屋に入ってソファに腰《こし》掛《か》けるとセーラがゆっくりと頭を下げる。

「私のほうで雷獣の角を用意することもできなくはなかったのですが、みなさんのお力を確認したかったのもあって、山へと向かうように流れを作りました。危険な場所だというのはわかってのこと、責められても仕方のないことです。申し訳ありませんでした」

そして、一度頭を上げて南のザイン山へ向かうよう仕組んだのも自分であることを告白し、深く頭を下げ直し、謝罪をする。

「まあ、それはいいさ。なかなか普通では得られない経験だったし、ああいった場所で戦うのも楽しかったからな」

「そう言っていただけるとこちらとしても助かります。今回みなさんが雷獣の角を取ってきてくれたことで……あ、取ってこられましたよね？」

まだそこを確認していなかったので、改めて確認をとる。

「あぁ、これでいいんだろ？」

手に入れた雷獣の角二本をテーブルの上にドサリと載《の》せていく。

親雷獣の角はアタルの腕《うで》の太さほどの立派なものだ。

「あ、あの……これ、大きすぎませんか？　かけらが少しだけあればいいのですが……」

セーラが想定していたのは戦闘の中で少しだけ欠けた雷獣の角。

角自体を持ってきたとしても、アタルが持ってきたものの半分以下のサイズを想定していた。

「あぁ、まあデカい雷獣だったからな。で、これ全てを譲るから一つ条件がある」

「い、頂けるのですか？　それなら、今後も同じ薬をいくらでも作ることができます！

海底の調査は継続的《けいぞくてき》に行っていきたいのですごく助かります！」

まだ条件を聞いていない状態だったが、セーラは既《すで》に条件を呑《の》む心づもりでいる。

「条件は、あの山にいる雷獣《らいじゅう》に手を出さないようにギルドとして、またはそれ以上の力で制限をかけてほしい」

「それは……」

「ダメだったら角は引き上げるし、海底調査の依頼も受けない。俺たちは獣人街に行きたいが、行けなかったとしてもなんとかするつもりだ」

そう言うとアタルは雷獣の角に手をかけて、視線をセーラに向ける。

「――ふうっ……わかりました。雷獣はギルドの保護下にあることにして、手を出した者はギルドと敵対するとしましょう」

「助かる」

これでアタルは雷獣との約束を果たせることになる。

「いえ、その条件を呑んだとしてもこちらの実入りのほうが大きいので構いません。この角を使って明日には薬を用意します。ここまで話していれば既にお気づきだと思われますが、海底調査の依頼は私が依頼主になります。依頼を達成していただければ、獣人街へと行けるように案内できる人に話をつけます」

セーラは緩《ゆる》く首を振《ふ》って真剣《しんけん》なまなざしをアタルたちに向ける。

これでやっとアタルたちの本来の目的が達成できることになる。

「わかった、そうしたら明日までに薬を用意してもらって、俺たちはそれを飲んで調査に向かうことにしよう」

「お願いします」

アタルの言葉にセーラは再び頭を下げた。

これで話は終了《しゅうりょう》となり、セーラは薬作りの指示を出していく。

その流れのはずだったが、アタルは動く様子を見せない。

「……まだ何かありますか？」

セーラが小首を傾《かし》げてアタルに確認をする。

「ずっと気になっていることがあるんだが、質問に答えてくれるか？」

最初にセーラと話した時、そしてここに至るまでの間、アタルもキャロもどうしても気になっていることがある。

「もちろんです。私に答えられることであればなんなりと！」

セーラはここまでくると隠し立《だ》てすることなく、全て答えるつもりでいた。

「――なんで俺たちのことを知っているんだ？」

以前に会った時にも質問したことを再度質問する。

前回は言葉を濁《にご》したセーラだったが、今回は自分の立場を明かしており、もちろんこの質問にも答える。

「あー、その件ですね。それはですね、お友達からお二人のことを聞いたからなのです」

ニコニコと笑顔で言うセーラ。

友達と言われて、それが誰を指しているのかわからずアタルとキャロは首を傾げていた。

「誰なんだ？」

「そのお友達の名前はですね……」

アタルの問いかけにセーラが答えようとする。

――バタン！

その瞬間、扉《とびら》が突然《とつぜん》開いて一人の女性が部屋に入ってきた。

「フランフィリア⁉」

「フランフィリアさん！」

思ってもみなかった人物の登場に二人は驚いて、思わず立ち上がってしまう。

「アタルさん、キャロさん、お久しぶりです」

当の本人はアタルたちがいることを知っていたらしく、驚く様子もなく笑顔で挨拶《あいさつ》をする。

「フランちゃん、ノックもしないで入ってきたらダメですよ？　メッ！」

彼女が来ることは想定内だったようで、セーラはフランフィリアを気安い雰囲気《ふんいき》で注意する。

「セーラこそ二人が来たらすぐに連絡《れんらく》をくれるという約束だったでしょ？　今日だけじゃなく、昨日も会ったたって知っているのだから！　……でも、お二人が元気そうで本当によかったです。旅立ってから、お二人がどうなったのかみんな心配していましたよ」

アタルとキャロはフランフィリアの家で魔法修行《まほうしゅぎょう》をしており、また領主にも、街の人々にも色々と世話になっていた。

「そうか、確かにあれからかなり経《た》っているからな……フランフィリアも元気そうでよかったよ。で、わざわざこんな街までやってきたのはなんでなんだ？」

アタルたちはここまでずっと旅を続けており、この街に来たのにもキャロの両親の情報を集めるためという理由がある。

しかし、フランフィリアはリーブルの街にある冒険者ギルドのマスターであり、本来そこを空けてこのような遠くの街まで旅をできるような立場ではない。

トップがいなければギルド自体が揺《ゆ》れる可能性もある。

「ギルドのほうはサブマスターに一任しているので、しばらくの間は大丈夫《だいじょうぶ》です。それはそれとして今回は色々と用事がありまして、そのついでに旧友のセーラのもとを訪《おとず》れたのです。そこでセーラからアタルさんたちが来るかもしれないという話を聞いたので、宿に泊《と》まっていたのですが、まさか連絡をくれずに話を進めているとは思っていませんでしたよ」

フランフィリアは笑顔のままだったが、セーラを見る目には怒気《どき》をはらんでいる。

「もう、フランちゃんったら、そんなに怖《こわ》い顔をしたらせっかくの綺麗《きれい》な顔が台無しですよ？　ほら心からの笑顔！」

むにっとフランフィリアの頬をつつきながらセーラはふわりと微笑《ほほえ》む。

この二人は気心の知れている関係であり、こういったやりとりも二人にとっては当たり前のものだった。

「まあなんにせよわざわざ俺たちに会いに来てくれたのは嬉《うれ》しいよ」

「はいっ！　なんといっても、フランフィリアさんは私たちの魔法《まほう》のお師匠様《ししょう》ですからねっ！」

「ふふっ、そう言っていただけるとなんだか照れてしまいますね。そうそう、今回海底の調査の依頼を受けるとセーラから聞いたのですが……」

先ほど依頼を受けると決めたばかりだったが、セーラは絶対に受けてくれると確信していたため、事実であるようにフランフィリアに話していたようだ。

「あー、まあ、そんな感じだな。そのために雷獣の角をとってきたし、ついさっき依頼を受けることも決まったよ」

アタルはセーラが予測で話をしたことに気づいていたが、あえて事実だけを話すことにした。

「セーラ？　もう決まったと言っていたわよね？」

「えっと……その」

「しかも、角をとってきたということは、その段階からアタルさんたちを動かしたということよね？　そっちに対する報酬《ほうしゅう》はキチンと払《はら》ったのかしら？」

「いえ、その、そもそもそちらは依頼ではなくて……」

そこからしばらくフランフィリアによる、セーラへのお説教タイムが始まる。

セーラも時折言い返そうとするが、どうやらこういう状態になると力関係的にフランフィリアのほうが強いらしく、セーラはただただ頷《うなず》きと謝罪だけを繰《く》り返すこととなった。

二十分ほど経過したところで、フランフィリアの怒りもなんとか収まりを見せて、本題である海底調査の話に戻る。

「今回の海底調査について詳《くわ》しく説明しますね。以前にもお話ししたように、この街に来て感じられたと思いますが、海はずっと時化《しけ》ていて、空は雲に覆《おお》われています。ここのところ、ずっとこのような形で漁をすることもできず、徐々に街の活気が奪われているのです」

セーラが今回の依頼を掲示した理由を話し始める。

「その原因なのですが、この海には海底神殿《しんでん》があり、そこにはこの海を守る神様がいます。これは比喩《ひゆ》でもなんでもなく、本当に神様がいます」

「なるほどな。その神に何かがあったんじゃないかということか。それで、海底調査というより、その神殿の調査をしてきて欲《ほ》しいということだな」

アタルはセーラの説明から、今回の目的を推察する。

「その通りなのですが……神様と聞いて疑わないのですか？」

こちらの世界でも神がいるなどと言えば、信じられないのが一般的《いっぱんてき》である。

「あー、まあ俺たちはこれまでに五回か六回くらいは神に会っているからな。海に神がいても不思議ではないさ。なあ？」

アタルがキャロに話をすると、そのとおりであると頷く。

実際に、四神のうち玄武《げんぶ》、白虎《びゃっこ》、青龍《せいりゅう》と戦っており、四属性神とも、ダンザールとも会っている。

「そ、そんなに……ちょっと、その、アタルさんたちは普通の冒険者とは全く違《ちが》うようですね……」

「その通り！　アタルさんたちはすごいんです！　でも、そんなに神様と会っているなんて……本当ですか？」

誇らしげに言ったフランフィリアだったが、それでもさすがに信じられない思いが強く、確認をとる。

「まあな。それで、その海底神殿は普通に入れるのか？」

神のいる場所ともなれば、すんなりと入れない可能性もある。

これは青龍の時がそうだったための確認である。

「通常は封印《ふういん》が施されていて入ることができません。その封印を解くことができるのは、神様に認められた者だけなのです」

そう説明したセーラはチラリとフランフィリアを見る。

「アタルさん、キャロさん、それから新しいお仲間さんですね。私が同行するので安心して下さい！　海神様とは冒険者時代にセーラや他の仲間と一緒《いっしょ》に会ったことがあるんです。その時にパーティメンバー全員が封印解除の力をもらっています」

フランフィリアはチラチラとアタルたちを見ながら、自分であれば問題を解決できるとアピールする。

「あの、フランちゃんはすごく強いですし、海底では氷の魔法も有効ですのでとても役にたつと思います」

セーラもフランフィリアの能力が役にたつことをアピールしていく。

「えっと……」

「つまり、フランフィリアが海底神殿の調査について来てくれるのか？」

キャロとアタルが真意を尋ねる。

「その通りです！」

フランフィリアが大きな胸をドンと叩《たた》きながら返事をする。

「うふふっ、実はフランちゃんはお二人に会うためだけにここに来たんですよ。ギルドマスター同士の情報網《じょうほうもう》で、獣人の国にアタルさんが来ているのはわかっていたんです。次に来るとしたらこの街かなと私とフランちゃんが予想をしていまして……しかも、お二人のことだからこういう大きな依頼をきっと受けることになる。だから、私の力が必要になるはずよ！　って言っていました」

「っ……それは言わないって約束したでしょ！」

フランフィリアがこの街にいる理由をセーラが口にしてしまったことで彼女は恥《は》ずかしそうに頬を赤らめつつ、不満げに膨《ふく》らませる。

普段《ふだん》は大人の女性だが、旧友に会ったことで気持ちが緩み、昔の冒険者をしていた頃《ころ》のような反応を見せていた。

フランフィリアはアタルとキャロのことを一冒険者として見ておらず、大事な仲間として感じていた。

そのため久しぶりに会って終わりではなく、彼らの力になりたいと思っていた。

しかし、直接そんなことを言うのは恥ずかしく、察してほしいという気持ちでいた。

ここまでくるとアタルとキャロも全てを察したため、彼女が求める言葉を口にする。

「フランフィリアが一緒に戦ってくれると心強いよ。海底調査に行こう」

「大歓迎《だいかんげい》ですっ！」

アタルとキャロはスタンピードの際にフランフィリアの実力の一端《いったん》を見ているため、戦《せん》闘面《とうめん》でも今回の依頼に一緒に行くことを歓迎する。

「ありがとうございます！　出発はいつですか？」

「フランちゃん、明日よ」

「わかりました、それでは明日の朝食後にこのギルドマスタールームに集合しましょう。私は準備にとりかかるので、また明日お会いしましょう！」

フランフィリアはそれだけ言うと返事を待つことなくすたすたと部屋を出て行き、言葉のとおり準備に向かっていった。

「まさかこんな場所でフランフィリアに会うとはなあ……」

「驚《おどろ》きですっ！」

懐《なつ》かしい人物との再会に二人は笑顔になっていた。

そんな二人とは対照的にセーラは真剣な表情で二人に声をかける。

「あの……フランちゃんは確かに強いのですが、全盛期ほどの力はないので色々と気にかけてあげて下さい」

「あぁわかった。任せてくれ」

スタンピードの際にもフランフィリアは全力を出したことでぐったりしていたのをアタルは覚えていた。

「私も全力でサポートしますっ！」

それはキャロも同様で、大事な友人、大事な戦友、大事な師匠のことを補助する心づもりでいた。

こうして、アタル、キャロ、バルキアス、イフリアにフランフィリアが加わって海底調査の依頼を受けることとなった……。

あとがき

『魔眼と弾丸を使って異世界をぶち抜く！　８巻』を手に取り、お読み頂き、誠にありがとうございます。


あとがきで何度かお知らせしていますが、現在コミカライズ版が連載中です。

そしてそして、コミックの第１巻が発売中　＆　好評なようで重版もしました！

書籍版ともどもよろしくお願いします。

今まではイラストだけだったアタルとキャロをはじめとするキャラクターたちが、細かな表情の変化を見せ、実際に動いている姿を見ているととてもワクワクします。

その楽しさをみなさんにも是非味わっていただければと思います！


それでは、今巻の内容について少し触れたいと思います。

八巻ではまだもう少し獣人の国での活動が続きます。

今回は、宝石竜との戦いに向けて新しい力を得ることを目標に行動していきます。

その一手目として、青龍の情報を集めるためにアタルとキャロはそれぞれ街のギルドと白の書庫の二手に分かれて行動します。

そこでアタルは王様からキャロが使えるかもしれない、獣人特有の特別な力の話を聞くことになります。

その力の名前が『獣力（じゅうりょく）』。

果たしてその力をキャロが使いこなせるようになるのかどうか……。

そして、青龍との戦いに向かうのですが、そこで創造神と対立していた邪神側の神々の存在が姿を現します。

アタルたちが戦う相手はラーギル、四神、宝石竜でしたが、そこに邪神側の神々まで参入し、彼らの戦いはますます激しく危険なものになっていくのではないかと思います。

その中にあっても、それぞれが新しい力を身につけるために悪戦苦闘し、新たな戦い方を模索していくことでそれを乗り越えられるようになっていく、と期待しています。

更に、今巻では最後に懐かしのあの人が登場します。

次の巻では彼女と共に行動することになるでしょう……。

新たなキャラクターとのやりとりだけでなく、懐かしいキャラクターとのやりとりも久々に楽しんで頂ければと思います。

アタルがこの世界に来てから関わってきた人たちが登場してくることで、これまで七巻分お読みいただいた方だからこその親しみもあるのではないでしょうか。

もちろんアタルたちの活躍するシーンもたくさん出てくると思いますので、お楽しみ頂ければと思います。


こちらも毎度毎度書いていることですが、恐らく今回も帯裏に九巻発売の予定が――書いてあるといいなあ……と思いながらあとがきを書いています。

最後になりますが、今巻でも素晴らしいイラストを描いて頂いた赤井てらさんにはとても感謝しています。

改めて一巻からの表紙を見直してみたのですが、アタル・キャロのデザインについての話し合いや、表紙のキャロの表情について色々とお願いしたのを覚えています。

細かいとこが気になってしまったがゆえの分かりづらいお願いだったと思いますが、それにも十二分に応えていただき、とてもよい表紙ができあがり、結果にもつながる素晴らしい表紙になったと思います。

もちろん二巻以降の表紙も、そして今回八巻の表紙も含め、素晴らしいイラストを描いて頂き、とてもありがたく思っています。

その他、編集・出版・販売に関わって頂いた多くの関係者のみなさん、またお読みいただいた皆さまにも感謝の念に堪えません。

三月に七巻が発売し、コミック一巻も同月に発売し、それに続く八巻となります。

世の中が色々と落ち着かない状況ですが、これらの作品をお読みいただき、少しでも楽しい気持ちになって頂ければと思います。

コミカライズも連載中の
スナイパー英雄譚！
著／かたなかじ
イラスト／赤井てら
漫画：瀬菜モナコ
原作：かたなかじ
キャラクター原案：赤井てら
発売予定!!

魔眼と弾丸を使って
異世界をぶち抜く!
第9巻 2020年秋

ドゴオッ

超人級スナイパー、
異世界へ!
「コミックファイア」にて好評連載中!!
「魔眼と弾丸を使って
異世界をぶち抜く!」
単行本第①巻 絶賛発売中!
http://hobbyjapan.co.jp/comic/
漫画:瀬菜モナコ
原作:かたなかじ キャラクター原案:赤井てら

著／保利亮太
イラスト／bob
ウォルテニア半島に
居を据えた
御子柴亮真の
躍進は続く――。
2020年秋　発売予定！

コミック版も好評連載中！
漫画：八木ゆかり
原作：保利亮太
キャラクター原案：bob
コミックス
①～⑥巻発売中!!
コミックファイア公式サイト
http://hobbyjapan.co.jp/comic/
ウォルテニア戦記XVII

コミカライズも
コミックファイアで
好評連載中
!!!!!!!
3
江本マシメサ
ill.仁藤あかね
『王の菜園』の騎士と、
『野菜』のお嬢様

お互いの気持ちを知り、結婚へと動き出したリュシアンとコンスタンタン。
しかし、隣国の王女が輿入れする影響で婚礼用品の買い占めが発生。
ドレスも指輪も手に入らなくなってしまう。
しかも、王の菜園での新事業開始も近づいて二人は大忙し!
そんな中、新しい侍女ソレーユの秘密もばれてしまって――

✦ ✦ ✦

堅物騎士とお転婆お嬢様の恋物語、
ハプニング満載な第3幕!!

2020年秋、発売予定!!

HJ NOVELS
HJN31-08

魔眼と弾丸を使って異世界をぶち抜く！　8

2020年7月22日　初版発行

著者――かたなかじ

発行者―松下大介
発行所―株式会社ホビージャパン
〒151-0053
東京都渋谷区代々木2-15-8
電話　03(5304)7604（編集）
03(5304)9112（営業）

印刷所――大日本印刷株式会社

装丁――木村デザイン・ラボ／株式会社エストール

ISBN978-4-7986-2250-7　C0076

ファンレター、作品のご感想お待ちしております
〒151－0053　東京都渋谷区代々木2－15－8
(株)ホビージャパン HJノベルス編集部 気付
かたなかじ 先生／赤井てら 先生